U0944324

DI YIN QIAN CHANG

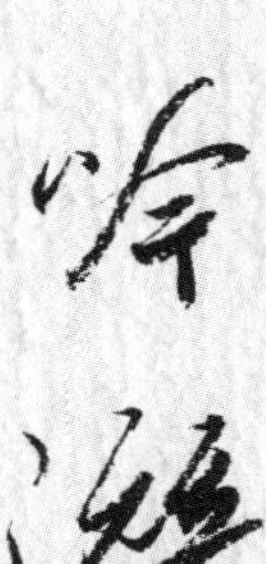

低吟潜唱

张阳旭◎著

合肥工业大学出版社

女中豪杰
詩坛新秀

题赠怜阳旭同志《低吟潜唱》出版

王鸿树

王鸿树

（题词作者系安徽省宣城市政府原顾问、宣城市敬亭山诗词学会第一、二、三、四、五届会长）

作　　者

纯粹的人　真情的诗

一直不相信这世上有纯粹的人，遇到张阳旭我信了。她那双清澈无瑕的眼睛，那无以复加的朴实，那凡事总是想着别人的善良和工作中一以贯之的踏实亲为，全然是忘小己顾大体自然流露的真诚。

这样的人写诗又会是怎样呢？也许你会说：恐怕无趣儿吧。假如您这“趣儿”指的是小情调，恭喜您说中了。和阳旭熟悉后，我也时常笑话她不解风情，有时她分辩几句，更多的时候是憨憨地一笑。其实吧，解风情多是文人骚客的无病呻吟，所谓“风起便知落花意，云流又怕天无情。无情不解多情苦，谁懂悲春伤秋心”而已。阳旭写诗词从不在华丽辞章上倒腾，说白了就是不作秀，她秉承：我手写我情，我情诉我心；你吟你的风花月，我唱我的真性情。一次，我和她聊起婉约派，说当今诗界受婉约派影响较盛，在遣词造句上大做文章，少接地气的东西，读多了有点腻。她说，婉约派不是不接地气，“问君能有几多愁，恰似一江春水向东流”的家国情怀，不仅接地气，接的还是大地气，如今有几人能写得？着实令我刮目相看，方知，她非不解风情，实乃不好也。

《毛诗序》说：“诗者，志之所之也，在心为志，发言为诗，情动于中而形于言。”这“志”就是一个人内心的思想、意愿、感情。倘若一首诗没有思想，那情感岂不成了无源之水、无本之木？阳旭的诗多是因思而生意，因意而动情，如陈东风先生评阳旭诗词所言。

不爱名利便不急于求成，关注阳旭的朋友圈，有时连日几首诗，有时一两个月不见一句，我打趣她，如今，人都讲究刷存在感，你咋就时不时地没声音没图像呢？她直不隆通来了一句：有话则说，无话则默；写真情不论多少，抒胸臆不讨机巧。真正应了屈原先生那句："定心广志，余何畏惧兮？"

杨　玲

2018年7月28日

（作者现任安徽省宣城市敬亭山诗词学会会长，系安徽省宣城市政协原秘书长）

德馨灵慧　才气化诗

——读张阳旭《低吟潜唱》

“独树昭亭一岭风，生花妙笔见奇功。如梅傲雪冰天灿，似雨滋田果实丰。浪漫萦怀心绕梦，真诚盖世气吞虹。诗城创建辛劳付，更把豪情天下融。”这是叶开平先生在张阳旭新著《低吟潜唱》出版发行前发来的赠贺，可谓代表了广大诗词同仁、亲朋好友、同事领导、邻里故朋等的赞誉和心声！用如此形象而生动、准确而到位的律赞，绝不仅仅因为该著作者张阳旭同志身兼宣州诗词学会、宣城敬亭山诗词学会副会长和安徽省诗词学会常务理事等职，更主要的是她身有真心实意、真情实感、真才实学、真拼实干等诸多“真货”，这些由正知、正念、正行之“正能量”，知责、履责、尽责之“三境界”，专心、专注、专业之“绣花功”以及谦恭、谦和、谦逊之“仁慈心”等综合元素组成的“真货”，才是赞律诗真正的“底韵”。

张阳旭走过的人生，道路坎坷，阅历丰富，饱经风霜，坚毅从容。她出生江南地，辗转北大荒，城市、农村，地方、边陲，她都苦旅过；机关、学校，社团、工厂，她都奋斗过。下放务过农，当过教师，做过工人，长期履职科室，曾经重任厂长。15 年前，她被组织安排参加全省高级政工师培训——可以想象她思政教化的功夫；16 年前，她荣获宣州“十大女杰”——可以想象她在建设系统付出了多少汗水；17 年前，她家荣获“全省文明家庭称号”——可以想象她大德教化释放了怎样的德馨温暖……她在书的“后记”里写道：“人生六十为一循环，值此时间节点，总觉得应该弄点什么以作纪

念。”于是，她开始整理诗稿，决定出一本诗集，如马克思所说“通过油墨向我们的心灵说话”。按理，无论从哪个角度，她都应该把诗多出些，把书出厚些，可她还是那样，低调谦虚，羞涩出场，从众多诗稿中精选出几百首，分列成家国、贤业、山水、唱和、感悟五个篇章，并谦曰“低吟”和“潜唱”。

家国情怀心绕梦。爱国颂党，她有如海的恩情；持家和亲，她有绵柔的温情。我有心观察到，“家国篇”置五篇之首是她发自内心的，大自中华复兴的“国梦”，小自天伦之情的“家梦”，这种无限的“梦爱”始终心绕在“家是最小国、国是千万家”之间，读来首首精彩，品之句句感人。这些精彩，这些感人，不是凭空虚拟，而是来源于她心灵深处的情愫。从爱的大类看，国梦绽放出多条彩虹。如颂党，她有“政治清明家国顺，铜墙铁壁固中坚”“东方龙气腾腾，华夏尽欢颜”等大量铿锵之声，是因她有着数十年党龄并经历了入党挫折的顽强考验；又如爱国，她有“美丽中国，环球瞩目惊愕”的饱满之爱，是因她出生七个月即带着襁褓之音，随母由江南水乡来到北大荒——吉林西北的一个小镇，接受父亲东北军旅的长期熏陶；还如敬仰毛主席，她有“东方日出漫天红，五卷雄文思不穷。饮水当知谁掘井，含悲忍泪祭毛公”等多首崇拜之吟，是因她打小就崇拜一代伟人偶像，能朗朗熟背大量毛主席诗词。另外，从“紫荆花绽物华新，九九回归适党辰”的香港回归喜庆，到“作浪兴风倭寇灾，风云激怒港和台”的钓鱼岛感怀；从“五环旗帜飘起，华夏俱欢腾”的申奥成功到“八一军旗猎猎，魑魅魍魉纷惊”的朱日和阅兵；从“太空一吻凯旋还，辽阔草原承晓辉”的航天神威到“西子凌波舞盛秋，风云际会在杭州”的G20峰会等一系列国内外重大事件的热情歌咏，均溯源于她成长的环境、特殊的经历、自身的修为、心底的坚守、精神的信仰等因素而释放的汹涌激情。从爱的情感分，“家梦”流淌出数脉亲情。这些亲情的流淌，有“深知父爱如山重，立命安身尽孝廉”的严父之爱，有“馨香淡雅品高端，孤芳物外等非闲”的慈母之育；有“如许天真何烂漫，开心那笑透皮顽”的孙女之乐，有“锡婚喜铸中坚力，叶茂枝繁果满园”的儿、媳之寄；有“孤坟衰草景凄凉，姐妹花单倍感伤”的亡姐之念，有“英年何不测，入

土可曾安”的幺弟之忆；有“一叶秋风知冷暖，两层老屋记危安”的老屋之祭，有“元序家邦庆盛隆，宵灯辉映舞春风”的新舍之欢……这些亲情的流淌，其实是她“全省文明家庭”画的一股暖流，暖行于辈嗣三亲，穿行于地北天南，落脚于孝悌慈善，和谐于人间社会——因为，我们每个人都是风气的一分子。

贤业�勤果实丰。爱岗敬业，她有无比的豪情；履职践责，她有火热的激情。我坦然意识到，“贤业篇”列入数最多是符合情理的。早在2002年初，她赋诗《“八骏图”有感》刊登在省委机关刊《安徽工作》上，以“八骏天行八万里，一生应尽一千才。何当立意劳神画，驰骋纵横永不回”默默自勉。为何说全部诗稿中“贤业篇”所占篇幅最大是符合情理的呢？因为这不仅是她人生主战场“天行八万里”的奉献轨迹，也是她长期求索“何当立意劳神画”的精神写照，读之能给人一种心胸开阔的豁达感，坚毅前行的拼搏感，作风正派的公道感，率先垂范的楷模感。让我们撷取几朵闪光的浪花吧：在教师岗位上——她“孜孜不倦灌春苗，修剪灵枝事业高。心血深根基础树，汗滋理想沃英豪”。不论是青涩的19岁下放农村做民办教师，还是日后进工厂任子弟学校园丁，以朝朝暮暮融入“声阵阵，意融融。莘莘学子梦同童”的“汗滋”，换来无数次组织的表彰和孩子及家长们噙泪的感激。兼任城建妇女主任时——她“九月丹枫情似火，风流一脉竞相来”，以水的柔情、火的热情奔赴工地上下问卷，勤于思考分析总结，写出多篇调研文章在市、区主流媒体发表，其中《切实加强流动人口计划生育管理》一文，在省级六部门抽查中获得一致好评并通报表彰。难忘环保岁月里——她有着“城市风清靓丽，光荣熨展心田”的境界。她认为，如果自身伟大，任何工作都不会渺小，所以才有她对街道清扫工“职业谦虚志不卑，胸怀大帚气扬眉”的高赞，有对垃圾清运驾驶员“苦脏岗位我当先，穿巷过街轮辗转”的颂扬，有对环卫残疾工友朱小木的“满身灰垢唯心净，一别尘寰泪有无”的哀婉，有对参加环卫退休工人一年一度团聚的“步步登高扶大笑，年年重九胜春光”的欢吟。其实，从履职垃圾厂厂长到环卫处副主任，每日消纳处理几百吨城市生活垃

圾以及由此萦绕的奔波汗水，何不也有力地证明了万千个像张阳旭这样“源自群众”方显“自身的伟大”。宣城市、区两级诗市诗乡申创中——白日她和大家“鸟唱青山转，云飞彩练悬”，发挥着中流砥柱的作用；夜幕经常是“桌上书纷叠，枕边卷常临，灯前电脑映丹心”熬至三更甚或丁夜。在无尽的忙碌中还兼任着“三版两编一财物”（省、市、区三级诗词网版主和市、区诗刊编辑及宣州诗词学会财务），默默克服家事之繁重与大家“脉相承，共襄良举”；殷殷辛苦多项之兼职，齐心“梦相依，沥胆见衷肠”，勠力为“诗市”“诗乡”的创成“泼尽丹青韵锦章”。

山水诗韵一岭风。爱山喜水，她有别样的钟情；吟花颂草，她有饱满的抒情。我怡爽体会到，“山水篇”所选的优美诗她是极具考量的。细细品读，发现这些考量嫣然出诸多赏心之美。一谓山水宣城多彩美。不仅有各地山水草木特色之欢笑，而且有时代奋进拼搏崛起之状描；不仅有澄江月夜、北楼远眺等“宣城十景”之点缀，而且有全球唯一“文房四宝”之傲歌，张阳旭有三篇代表作，其中有两篇即《望海潮·多彩宣城》和《沁园春·争创省级文明城感赋》是饱赞宣城的，正如她《步韵奉和陆世全会长〈水调歌头·呈“三月三”敬亭诗会〉》所写：“山水诗乡里，处处颂宣公”。二谓敬亭诗山紫红美。在她的诗里，作为地域标志性诗山——敬亭山，既有自然风貌的独特艳美，又有从千年历史一路走来并正踏着时代节拍走向未来而焕发出的发“紫”的红，在全部主题中所写最多，在抒情描绘上用辞最美，写尽了山间的亭台楼阁，写遍了山中的花草鸟木。她一年中有“三上”，一次写有“十吟”，早晚有感诗，白昼有咏词，可见她对敬亭山的情有独钟，真的是“恰有骚坛，吟哦浪漫，一片生机墨绿中”。三谓乡村振兴气息美。“土芹芽，本鱼虾。万顷果蔬，麻鸭稻香车”，这是她乐见宣州五星乡的“江城子”，“时菊金黄，藕榭凝霜，古镇寻幽入画廊”，这是她情洒绩溪千年尚村的“采桑子”。近年来，近土的榧里宗村、红旗水库、东华山、龙泉洞、莲花峰、青弋江、小胡村、大张村，呈村、杏花村，远地苏、浙、豫、鲁、吉等省的不少新农村景点，都有她“智慧中华城镇宏，乡村美若图画中”的满腔诗赞。四谓名

胜古迹幽灵美。从敬亭怀英亭始，经皖南事变烈士陵园、丫山、采石矶、黄山、齐云山、庐山、甘露寺、京口北固亭，到黄鹤楼、张家界、玉龙山、圆明园及至兵马俑，等等，“一路畅怀诱我咏，感吟赋诗心房宽”。与家父凭吊“皖南事变烈士陵园”时，她“怒发直冲冠，恨凶顽蒋匪”，圆明园断壁前她悠悠叹息“中华多少文明恨，立照留存记国殇”，临京口北固亭，却“云波浩渺情怀壮，接引英雄追远鸿”，登甘露寺多景楼，又“胜境如常临，清凉气自留”，横空张家界，惊“石怪如葩依景绽，风奇若蕊尽滋蕃”，登临玉龙山，感“独立苍茫亿万年，粗犷雄浑掀巨澜”……除此四类，还有大量的歌咏荷、梅、菊、瓜、果众多个性植物生态美，描写春、夏、秋、冬四季时景变化美，赞颂宣酒集团、尊贤集团、广德安泰、古南丰等一批明星企业创业美，轻吟小区、小院、看雨、观湖之幽微庭径烟月美等。

唱和诗意天下融。爱诗重谊，她有挚诚的真情；尊师谦朋，她有天然的亲情。我直观地感觉到，“唱和篇”之所以独立成篇，是因为她的勤奋，她几乎唱和了所有诗事。市、区历次大会，诗社诗教活动，申创历次迎检、诗友频繁沙龙、诗友新著发行、外地诗典庆贺等，因为谦虚，她几乎回和了所有诗赞。她赞别人，同时她的诗也引来纷纷点赞，此时，她总是以“更敬一尺”的姿态回敬，以此不断掀起诗网唱和高潮；因为真诚，她几乎盖和了熟知网友。这是多么难能可贵啊！李文朝、陆世全、哈余庆、朱恩三、杨玲、汪传春、徐德明、余立华、耿清、肖礼堂、黄保平、李泓、程家林、罗国亮、吴浪风、杜玉林、叶开平、徐志平、梅运莉、孙正军、庞晓丽、曹魁英、尹成华、吴晓红、陈东风……这些都是高频唱和最熟悉的名字。何处不相逢的一首《桃花恨》，虽是长达116字的长调“摸鱼儿”，但因涉“彩礼害命”的重大主题，善良的她扼腕步和，及时发出了“为逝者惜，为伤者痛，为俗者懑，以期人们觉醒”之声的正能量好词，赢得一片热赞。《信念》一绝虽然短小，但气势宏阔不同凡响，获得众多诗友点赞，于是她将赞者网名全部嵌入，形成长篇给予回谢。担任省、市、区三级诗网版主时，她是率先身份置顶（将军）的极少数之一，可以想象她付出了多少心血，一度食指重劳成疾并手术，

长时间不能上网，大家怜情纤纤心里难受……马克思曾说："友谊需要用真诚去播种，用热情去浇灌。"对张阳旭来说，生活是一首歌，她是用心在弹唱；家庭是一幅画，她是用爱在描绘；友情汇聚成诗，她是用情在抒写。19 年前的 1999 年 5 月 15 日《皖东南日报》刊发了她《忆母亲》一文，开篇说："怀念母亲，不仅因为她是我生命的源头，更重要的是她以中国妇女勤劳善良的传统美德影响着我的生命历程。我为普通母亲有清贫、平和与真诚的心境而骄傲。"她母亲曾是白天劳动，夜晚编制芦席、缝制皮革壁毯，抚育自己的五个子女、帮扶两个手足留下的四个孤儿的好人。言传身教，潜移默化，这或许是她如此善良真诚的源泉活水吧。

感悟真谛见奇功。爱思善悟，她有惯学的深情；引哲破识，她有高超的才情。我敏感认识到，"感悟篇"诗作是很富有寓意的。该篇量虽不多却能让人感受到，善学的勤奋融入"思"以致思接千载，心灵的饱满明于视以致视通万里。主要有二：一是苦学丰盈才情。诗文中读史随想、除夕倏想、望月随想、岁月感怀、七夕感怀、雨中秋怀、中秋有题、临湖偶感、临坛观贴、吟草、自嘲、新年自检、人日有记及至重阳随吟，一系列意味隽永、寓意深刻的感悟篇，皆是建立在勤奋苦读、深厚才学之上的。张阳旭虽然命途多舛，恢复高考以后未能走进高校学习，但读书从未止息，笔耕绵延不断。自 1975 年 7 月 1 日党的生日这天起直至现今，15600 余天坚持每天写日记，平时大量笔记经典诗文的毅力是很少见的；为能写好诗，不满足早年在电大中文专业的进修，晚年还于繁重家务中挤出时间上老年大学的决心是不多见的。多面的才情和风格溢满整个诗文，既有豪放，也有婉约；既有严谨，也有幽默；既有深邃，也有浅白；既有笼括，也有细察；既有哲理逻辑，也有形象思维；既有经典化用，也有古典拿来；既有久长熬句，也有即席口占；既有美字巧叠，也有极致阵排……丰富多彩，其味无穷！二是德才洞开感悟。如做人，她有"风姿隐逸香飘远，自好洁身吟万年"之莲喻自律，在熟人眼里，她就是那种不和你多走动但能体谅你良苦用心、不和你套近乎但能积极配合你工作、不关注你生活隐私但能帮你排忧解难、不当面恭维领导但能帮助组织树

立威信、不向你表态但能高标准完成工作、不爱表功但能踏实工作、不爱提个人要求但能表现积极、不愿给在职领导烧香但却愿给离职领导送暖的正宗老实人；谦让她有“未靠玉树荫盛夏，当随芝兰暖寒秋”之感悟仁行，一次转干机遇，她圭臬《论语》的“志于道、据于德、依于仁”，理当公受却大义让人，以致可能出现机关工作如此优秀为何身份未转的疑惑；低调她有“小巧玲珑凭底调，俗儒相济愈繁昌”之葶荠感赏，一贯反感那些做事如小河流水哗啦啦——事不大动静大的人，一贯好感那些做事如大海流水静悄悄——事不小动静小的人，讨厌那些做事如夏天的知了——无论何时都在高喊，喜欢那些做事如地上的蚂蚁——无论如何都在低处前行；惜时她有“敲盘按键老新痴，雾漫厨房蒸汽弥。不得了来冲进去，珍珠顺璧滴成诗”的感记故事；反腐她有“名以吹牛出，官因拍马迁”的陶潜《饮酒》感怀；幽默她有“热血甜心点墨香，清风快意秀文章。洋洋洒洒人称道，若遇松梅更激昂”的狼毫感描；读史她有“徒抱虞姬泪，乌江浪剑魂”的项羽感嗟；哲理她有“有爱人生知爱广，无情岁月懂情深”的情爱感思，等等，不一而足。

综上所述，循着赞律诗广袤的空间和深邃的内涵，作为新著作者张阳旭的崇敬者之一，尤其是良姐诗友之厚谊，让我怀着浓郁的感情和兴致，走进她诗的天空，步入她韵的海洋，通览全篇，悉心醉读，间或循着有趣的轨迹，去一同寻找、感受诗词背后那岁月的沧桑和人生况味的酸甜苦辣，以期通过读后感的方式，一则愉快赏学，二则试图将赞律诗作适度外延并尽力诠释，好让更多人知晓这个大德大才的人间好人。

陈东风

2018 年 7 月 19 日

（作者现任安徽省宣城市宣州区诗词学会副会长，系安徽省宣城市宣州区供销社原党委副书记、常务副主任）

诗友题赠

独树昭亭一岭风，生花妙笔见深功。
如梅傲雪冰天灿，似雨滋田果实丰。
浪漫萦怀心绕梦，真诚盖世气吞虹。
诗诚创建辛劳付，更把豪情天下融。

——叶开平

墨涵新韵起金阳，放彩銮红气节香。
数百心灯精刮垢，五篇机杼砺磨光。
浓情懿德云天照，哲睿横思宙宇翔。
方界劲蓬张伟力，中流大柱砥诗廊。

——陈东风

会唱能吟志趣殊，生花笔墨擅连珠。
抽闲研阅寻真谛，以彀钩轿织锦图。
兴粹抒情缘世赋，怀荆引玉为民呼。
卅年一集欣先赏，心境无尘气自舒。

——徐德明

灼尔深情儿女乡，凛然大义女儿郎。
死生恕可淘佳句，爱恨尤能浣靓章。
气借苏辛嗟太白，神偷李杜叹重光！
诗山不老春秋韵，自出心裁冬夏装！

注：李杜，指小李杜，即李商隐和杜牧。太白，指李白。重光，指李煜。

——罗国亮

年逢花甲志难休，一卷诗书雅愿酬。
达者期能谋社稷，骚人只合赋春秋。
慧心大爱眉峰聚，婉约豪情笔底留。
观海君犹将远蹈，听涛我自荐风流。

——耿清

低吟潜唱见奇功，雅韵悠悠扬大风。
温婉女儿凝妙语，谦和君子奏弦桐。
冰魂澄澈梦多彩，月影婆娑诗几丰。
一缕真情连地气，才华感佩仰高嵩。

——徐志平

目　　录

卷一　家国篇

卷二　贤业篇

卷三　山水篇

卷四 唱和篇

卷五　感悟篇

卷 一

家 国 篇

惊闻周恩来总理逝世

惊立地头听广播，纷纷无语泪婆娑。
人民总理人民哭，都作漫天白雪歌！

1976 年 1 月 8 日

痛悼母亲大人逝世

清明时节本伤春，慈母西归更泪涔。
日忆借薪还米苦，夜思拖女带儿辛。
星移云动千孱影，雨聚风吹九死身。
故里明朝一捧土，亲恩欲报再难寻！

1991 年 4 月 25 日

圆明园断壁前摄影有思

趔趄逡巡多感伤，暗抛珠泪一行行。
文明华夏谁涂炭？留照存根记国殇。

1996 年 10 月 2 日

喜庆香港回归

紫荆花绽物华新，九九回归适党辰。
合浦弥坚珠烁烁，似闻台澳颂歌殷。

1997 年 7 月 1 日

水调歌头·颂国庆

风动旌旗舞，彩结碧云天。且看虎跃龙腾，华夏俱欣欢。国运昌隆花灿，民祚兴高月满，共享福康安。跟党向前走，大德记心间。　惜盛世，抒众志，点江山。兴邦科教，谁个争赶直超先！共创精神文化，同促物资发展，瑞气贯人寰。藉此小康日，拥抱新纪元。

1999 年 9 月 29 日

韶山拜谒毛主席铜像

今生载梦拜韶山，主席巍巍天地间。
领袖胸怀家国事，光辉思想照人寰。

2000 年 4 月 19 日

追思（二首）

一

清明祭母未能忘，晓雾沾衣伫墓旁。
梦里声闻桑梓树，醒来泪滴枣梨棠。
含辛劳力将儿育，茹苦烦神为女妆。
终恤晋初征洗马，陈情李密色颜殇。

二

至亲骨肉出洪荒，一炷清香一脉长。
叩谢双亲施雨露，感恩生命浴春光。
虔诚守信承家训，友爱精心育栋梁。
社会和谐山水共，孝廉处处著华章。

2001 年 4 月 26 日

水调歌头·祝申奥成功

电视报佳讯，梦想竟真成。五环旗帜飘起，华夏俱欢腾。那日失之交臂，多少酸甜苦辣，怎不泪盈盈？万众心怦动，瞬间化永恒。　新奥运，新经济，新北京。点燃信念之火，继续踏征程。巩固设施基础，推动人文建设，决策显英明。待到相聚日，再庆我们赢。

2001 年 7 月 21 日

八声甘州·与家父凭吊“皖南事变烈士陵园”感赋

读“皖南事变”导言篇，怒发直冲冠。恨凶顽蒋匪，袭偷云岭，酿下奇冤。新四军魂浴血，浩气贯瀛寰。七昼连天夜，风雨云烟。　同室相煎何急！题新华刊字，义正词严。壮怀升激烈，百折志弥坚。党中央，瞻高识远，展红旗，赢得九州圆。看今日，祭忠魂处，秀润人间！

2003 年 5 月 1 日

痛悼家父

“爸呀”一声天地倾，情残意碎志难平。
披风搏浪慈恩重，叩首雄魂哪计程！

2003 年 11 月 2 日

童年小镇（二首）

一

安广街头步履艰，北风寒彻立时顽。

漫天飞雪飙如浪，不忘高堂唤我还。

注：家父病故后，吾于次年初回到老人家原工作单位吉林省大安市粮食局核销医药费。一并到儿时生活的小镇作别。触景生情，不禁悲从中来。

二

弹指挥挥五十年，持家作工两纠缠。
韶华多少斑斓梦，都被年轮碾作烟。

2004 年 1 月 9 日

党　课

锤镰交映满天红，一角明生划夜空。
每忆犹如温党课，不渝矢志驾长风。

注：一角明生，即家父 2003 年 11 月病故前，嘱我将其亲笔签名印在党旗的一角。让我永远记住，中国共产党的先锋队里曾有这样的一分子。

2004 年 11 月 2 日

有感沈村镇双塘村“先进桥”竣工

弥留家父诉衷肠，叶落归根守梓乡。
微薄薪金分哪里，人间甘愿架桥梁！

注：遵父遗嘱，将抚恤金的一部分捐给家乡建桥。父亲逝世四年后，在当地村“两委”组织实施下，当地村干部和部分村民也纷纷捐款，父亲的遗愿终于得以实现。

2007 年 2 月 8 日

劝玉甦妹妹（新韵）

无须苦苦拗当年，每每思量每每酸。

休念清荷风煞暑，应知艳菊雨敲寒。
秋蝉凄切声终噤，贞竹疏衰亭自怜。
夜寂伏窗观皓月，方知大爱朗人间。

2008 年 3 月 8 日

浪淘沙·咏兰兼怀母亲逝世廿周年

吾独爱春兰，素态清颜。馨香淡雅自怡然。碧叶紫茎呈本色，空谷幽山。
君子首名冠，谁与争妍？孤芳物外等非闲。贫贱不移仁德志，骨傲心丹。

2011 年 4 月 26 日

【仙侣·一半儿】燕归

南征紫燕舞春晕，结对衔泥朝北归。再见新区丝柳垂。榭台围，一半儿廊桥一半儿水。

2012 年 3 月 14 日

闲　　日

了却浮云事，静心敲键盘。
书翻三五页，不觉一年年。

2012 年 6 月 8 日

有感日本“国有化”钓鱼岛

作浪兴风倭寇灾，风云激怒港和台。
炎黄保钓欣同脉，完璧终将归赵来。

2012 年 9 月 23 日

念奴娇·庆“十八大”胜利召开

邑城内外，傲霜菊，染尽人间秋色。更有香枫腔热血，辉映金光四射。云淡天高，风清气爽，彰显乾坤澈。松声竹韵，缘为盈满时刻。 “十八大”召开了，国歌一奏，心随荧屏跃。砥柱中流稳政权，铁锤镰刀紧握。看党中央，汇集人才，再构新方略。美丽中国，环球瞩目惊愕。

2012 年 11 月 8 日

谒金门·为雅安、芦山灾民加油

西风颤，芦雅甓池摇撼。春暮云飞人梦断，敛阳凝绿乱。直面千危百难，挥却目哀眉怨。废墟抹平描夙愿，令苍天感叹。

2013 年 4 月 20 日

喜庆“神十”回家

太空一吻凯旋归，辽阔草原承晓晖。
华夏人人都庆祝，三英两梦好神威。

注：三英，即宇航员聂海胜、张晓光、王亚平；两梦，即追梦、圆梦。

2013 年 6 月 27 日

欢迎“六小”早日搬迁新址

欣看“六小”落门前，想起三迁孟母贤。
盼得莘莘新学子，才高九斗动山川。

2013 年 7 月 18 日

读余立华老《悼念徐庭大姐》有感

悼诗入目顿疑猜，非确同名泪满腮。
琐事缠身年未叙，深情绕指日堪哀。
徐姨处事多慈念，父母生前总挂唉。
陌叶生根情几许，还看逝者后人来。

注：吴漱泉、徐庭夫妇乃是家父的老领导。家父退休回原籍宣城安度晚年期间，曾得到两位老人方方面面的关照。现在四位老人均已谢世，但老一辈纯朴的友谊却深深地烙印在我的心里。惊悉徐庭阿姨已病故他乡，特作诗缅怀之。

2013 年 7 月 19 日

旱　殇

今夏太阳藏奥妙，恁和大地开玩笑。
高温四十复飚飚，滩裂田龟张口闹。

2013 年 8 月 8 日

有感合工大分校在宣落成（新韵）

宣城喜地又欢天，为有名牌分校园。
载李育桃调新韵，筑巢招凤奏和弦。
高楼栉比青衿盛，老树苍遒枝叶繁。
引领风骚添一景，江南江北尽开颜！

2013 年 8 月 11 日

久旱落雨还晴感喟

夏初期雨滴，今算落秋城。
顷刻骄阳复，还晴但寡情。

2013 年 8 月 19 日

雨夜幕下电瓶车行环城北路有感

暴雨似倾盆，流漩满地浑。
开灯车抢渡，破浪过关墩。

2013 年 8 月 24 日

西江月·秋晨北门老屋前晨练

东面一泓秋水，西边两组垂杨。晓来风卷露花香，伴我低吟浅唱。但看气温播报，已然暑后添凉。珍惜金色好时光，练个心松体壮。

2013 年 9 月 3 日

写在中秋前夕

仅以此诗献给因坚守工作岗位和在外面打拼而不能与家人团聚的人。

团荷泻露月播霜，丹桂折枝分外忙。
岁月无边人有寿，得闲何不也回乡。

2013 年 9 月 18 日

秋　　夜

辗转安身落大唐，万千思绪五更长。
窗推绿迹春完夏，帘卷银珠露待霜。
杳杳空空山万座，缥缥渺渺树千行。
世人何说秋萧瑟，八月桂花无赖香。

注：大唐，即大唐御苑物业小区。

2013 年 9 月 23 日

水调歌头·中共十八届三中全会召开感赋

习习旌旗猎，赤县大同天。东方龙气腾腾，华夏尽欢颜。枫举燎原星火，竹挑凌空迷彩，祥瑞贯瀛寰。待看牡丹绽，馥郁满人间。　　中国梦，炎黄智，大河山。三中全会，沉稳求实续新篇。善政频殷民富，良策重推国盛，开放再攻坚。徙木取民信，志士下夕烟。

2013 年 11 月 20 日

小区枫景

枫侍窗前一片香，铺金举翠两繁忙。
只缘营造和谐景，便着红袍斗早霜。

2013 年 11 月 28 日

咏　狼　毫

热血甜心点墨香，清风快意秀文章。
洋洋洒洒人称道，但遇松梅更激昂！

2013 年 12 月 21 日

西江月·念归

听雁南飞憔悴，残阳啼血低垂。孤云无绪颤巍巍，倦眼恹睁还睡。　感叹落红无畏，风霜雨雪轮回。江山指点梦依稀，祖国人民万岁！

2013 年 12 月 31 日

河渎神·新春咏马（新韵）

昂首善嘶鸣，平野山川纵横。万千气象荡胸中，奋蹄扬振雄风。　盛世图腾酬壮志。金戟雷霆神气！秣马厉兵韬计，笑看增齿更替！

2014 年 1 月 14 日

点绛唇·沐雪祈瑞

飞羽缝衣，山川绒被千峰睡。耸眉迷醉，听晓啼寒萃。　足印知谁？春绪无心寐？诗情寄，锦囊佳丽，款待和丰瑞。

2014 年 2 月 12 日

点绛唇·小院春晨

窗外谁风？呢喃双燕檐前逐。柳绦粼郁，庭院芳春沐。　月季清芬，粉紫红黄绿；花团簇，艳惊晨旭，一首和光曲。

2014 年 2 月 19 日

网曝《地方干部“跑部钱进”潜规则》有感（新韵）

“跑部向钱”非戏言，补锅锅补两相完。
审批限令今夺定，一扫真贪与假廉。

2014 年 4 月 19 日

浣溪沙·天下归心

野火狂风宇宙间，春华秋实自然天。山河海岛域团圆。　共举红旗华夏色，归心天下舞翩跹。炎黄大梦著新篇。

2014 年 7 月 1 日

蝶恋花·缅怀人民好公仆焦裕禄

犹记影屏悲哽咽。一世清贫，追梦殚精竭。涩土咸田功业锲，忠魂化作英雄帖。桐木葱葱滋润节。万里长空，遗爱千秋烈。绝笔蓝图彪炳烨，一樽长酹流芳碣。

2014 年 8 月 6 日

读《论持久战》有感

内忧外患敌强来，国弱家贫恸地哀。
唯有毛公持久战，茫茫冬夜响春雷。

2014 年 8 月 24 日

八声甘州·国庆感怀（新韵）

看人间那树树金光，透阵阵清香。喜迎来国庆，山欢水笑，处处歌昂。似这行行竞秀，又业业争强。料得嫦娥出，捧酒吴刚。　大国兵强马壮，政通人和气，共饮琼浆。趁时光正好，建设我华邦。善民生，谋求经济；讲文明，国学砺炎黄。操场舞，大妈拍手，浩浩汤汤。

2014 年 10 月 1 日

赞麻姑山明珠老年公寓

怡性修身别有轩，麻姑山下养生园。
峰峦翠秀明珠月，鸟语花香享乐言。

2014 年 10 月 23 日

学习十八届四中全会公报有感

金秋战鼓振山川，遍读四中全会篇。
依律纠风严党纪，循章办事保民权。
言当一统成规矩，法不双全张正圆。
政治清明家国顺，铜墙铁壁固中坚。

2014 年 10 月 27 日

沁园春·法治宣城

双塔巍巍，云岭苍苍，石佛正罡。望龙川福地，平安添瑞；江村狮像，威武呈祥。林立高楼，腾飞百业，万户千家乐未央。欢娱夜，仰群星璀璨，金盾巡航。　　宣城如此辉煌！无数英雄昼夜忙。赞人民法院，伸张正义；公安民警，恪守联防。司法无情，天平有度，凛凛国徽慑虎狼。“三优”续，寓法于政理，大道文章。

2014 年 10 月 27 日

冬至前夜携家人回乡祭双亲有感

夜短知冬至，携儿探故家。
寒风凋叶片，老屋积尘纱。

旧事随云散，新楼倚日斜。
低音空吊慰，热泪落清笳。

2014 年 12 月 22 日

悼哈尔滨“1·2”火灾中牺牲的五名消防队员

青春热血涌心花，飞向长空作彩霞。
火灼冰城悲大地，忠魂咏叹寄天涯。

2015 年 1 月 4 日

赞养贤乡

浩浩汤汤一道江，养贤如画岸边镶。
大山庵秀大山美，安国寺荣安国昌。
硖石吞舟留壮景，沃田吐食育儿郎。
一方富裕万家乐，怎不高歌赋颂章！

2015 年 1 月 18 日

年　　味

过年滋味乐陶陶，谁识老娘累折腰。
浆洗除尘清柜柜，访亲待客哄娇娇。
偷闲着意临屏幕，得趣随心作赋谣。
为撷天伦之媪乐，辛勤多少一肩挑。

注：娇娇，即两个小孙女。

2015 年 2 月 27 日

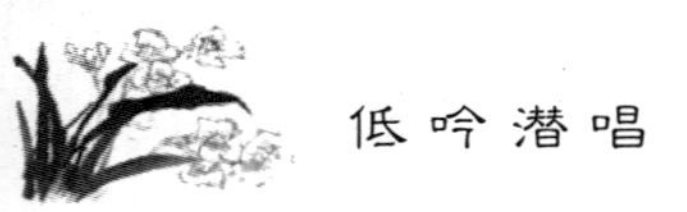

清明思亲（新韵）

思亲双泪盈，数雨到天明。
多想循着痛，听娘唤几声。

2015 年 4 月 5 日

怀念长姐

孤茔衰草景凄凉，姐妹花单倍感伤。
常忆髫年拈麦急，更思豆蔻沃麻忙。
相依竟比毛衣短，执氅何如布氅长。
萦绕于心何所意？一抔黄土界阴阳。

注：绿毛衣和蓝布氅都是我下乡时大姐为我添置的。如今睹物思人，愈加感伤。

2015 年 5 月 14 日

纪念抗战胜利七十周年并追忆家父

南归北上几回还？少小离家抗日顽。
逝去英雄多少泪，复兴华夏泰如磐。

2015 年 7 月 20 日

水调歌头·观看“宣城市纪念抗战胜利70 周年诗歌吟诵比赛”感赋

观罢咏诗会，如雨泪哗哗。日倭涂炭生灵，难把罪行遮。吞没卢沟晓月，扫荡明珠上海，建业杀如麻。八载血腥恨，四野奏悲笳！　　好儿女，赴危难，救中华。扫庭犁穴，英勇无畏斗天涯。烈女投江亮节，儒将挥戈取义，

热血染苍沙。国耻勿忘却，痛定忆疮疤。

注：儒将，指节目里吟诵的方志敏、杨靖宇、彭雪枫和佟麟阁、戴安澜等共、国两党的高级军官。

2015 年 9 月 1 日

水调歌头·观抗战胜利日大阅兵感赋（新韵）

七秩阅兵日，华夏啸长吟。巨龙腾舞东方，四海水云深。且看长街正步，且看长城亮剑，威武话古今。军事高科技，顺意降甘霖。　　国旗艳，军旗猎，阵旗歆。友邦和睦相处，怀善胜鸣琴。可笑东瀛拜鬼，可笑南疆聒噪，失道失人心。奏响和平曲，环宇彻清音！

2015 年 9 月 6 日

真　　挚

近年来，每逢佳节，都能收到一署名“小可”发来的祝福短信，很是诧异。出于尊重，我便每每予以礼节性的回复。直至不日前，在受邀参加拜谒一位老阿姨陵墓活动时，才得知“小可”乃是先父一老战友的女儿，甚是感动。为缅怀先辈们的生死情谊，特赋七绝以记之。

佳节连年短信频，只言片语却情真。
桂香南国欣相见，双泪盈盈话父亲！

2015 年 10 月 3 日

浣溪沙·雪望

风舞梨花天地间，玉台领唱动心弦。清光照彻夜无眠。
大地银装丰万物，群峰素裹稔千田。新晴一望更悠然。

2016 年 1 月 22 日

追忆幺弟

果腹当容易？劳劳小马单！
英年何不测，入土可曾安？

注：幺弟属马，2004 年 5 月罹难，时年 38 周岁。

2016 年 2 月 28 日

悼杨绛先生仙逝

于世和谁都不争，清豪旷淡寄高情。
纵然道骨仙风去，哀叹人间泪刷屏。

2016 年 5 月 25 日

水调歌头·观宣城市直机关“坚定信念跟党走”七一文艺演出感赋

“九五”吉辰望，是处喜长吟。中流砥柱东方，四海水云深。志咏泱泱祖国，口啸钧钧力量，宛水句同心！红树地基沃，叶发茂枝荫。　党旗奋，纲举目，万民钦。铁肩道义冬夏，追梦抚弦琴。吾感廉修正己，尔见包容开放，共话小康金。大统听谐曲，环宇彻清音！

注：“祖国”、“力量”两词即表示我们表演的《我的祖国》和《传承的力量》两个节目。

2016 年 6 月 30 日

水调歌头·宣城抗洪救灾感赋

入汛以来，宣城连降暴雨，7 月 2 日郎溪县歌场圩、宣州区姜家圩及至双

桥联圩先后溃口、告急。宣城教育局紧急腾出14所中小学校舍就近安置2万余名避险群众。一些义工联合会、食品协会、车友会等纷纷前来捐衣、捐物、捐款，其情其景甚为感人，故填词赋之。

连日滂沱雨，水涨激流狂。瞬间冲毁村舍，遍野恣汪洋。千亩长堤溃口，万亩联圩告急，兵警筑铜墙。一遇大贤禹，洪漭即驯良。　　移灾民、腾居所、送衣粮。扶危救难之际，鲜艳党旗扬。忧则盈肩平素，患则迎头考验，默默诉衷肠。合力战洪魔，重建我家乡。

2016年7月3日

雨中观四国联赛宣城赛区中国队横扫日本队有感

宣城连日雨盆倾，恰值男排鏖战横。
即便心忧水生患，亦先看我胜东瀛！

2016年7月3日

西江月·灾区寻亲不见感吟

苦雨潦霪今夏，江河湖泊茫茫。稻田畦堰变汪洋，触目油然鲠怅。踏浪循楼遥望，萧疏树杪村庄。恳祈天帝亮天阳，还我原来模样！

2016年7月9日

“南海仲裁”落幕有感

南海由来华夏疆，鲨鱼搅局戏荒唐。
三军亮剑声威震，公理昭昭正气扬！

2016年7月12日

浣溪沙·纪念中国共产党成立95周年

星火燎原浴血生，锤镰猎猎巨人擎。长风破浪领航程。举国同心谋发展，三军众志筑长城。试看圆梦九州瀛。

2016年8月19日

浣溪沙·纪念中国工农红军长征胜利80周年

豪迈长征韵致宽，余音八秩动人寰。英雄壮举绝空前。　　遵义云开旗漫卷，保安吴起奏和弦。千山万水写宣言。

2016年8月19日

赞女排教练郎平

十载纵无声，夺冠重振名。
传花谁击鼓？直接问郎平。

2016年8月21日

G20杭州峰会有感

西子凌波舞盛秋，风云际会在杭州。
三潭印月情丰雅，九曲迎宾意沸稠。
联动包容张翼翅，创新增长立潮头。
环湖远眺千峰碧，但得药方神效收。

2016年9月5日

毛主席逝世四十周年有祭

东方日出漫天红，五卷雄文思不穷。
饮水当知谁掘井，含悲忍泪祭毛公。

2016 年 9 月 9 日

贺天宫二号空间实验室发射成功

探月中秋双喜连，嫦娥舒袂舞蹁跹。
酒泉一箭惊寰宇，看我中华梦又圆！

2016 年 9 月 15 日

与孙女李祯游青岛海滨浴场

国庆携孙游海滨，掬波戏浪赛天真。
伞花丛里藏乖巧，浴苑沙中曝老身。

2016 年 10 月 3 日

浣溪沙·青岛一日游

青岛观光韵沁胸，欣然海底觅鱼踪。水凫生物戏穹宫。　　隧道衢灯如巨蟒，宏桥跨海似蛟龙。是谁巧手夺天工？

2016 年 10 月 3 日

儿、媳锡婚有寄

拿起手机随意翻，女娇男雅照盟鸳。
锡婚喜铸中坚力，叶茂枝繁果满园！

注：手机里的照片是儿子儿媳初识时拍的。那时的他们满脸稚气。转眼十年过去了，他们也已是两个孩子的父母，懂得担当了。真是岁月催人老啊。阅照片后感慨万千，特作小诗以记之。

2016 年 10 月 7 日

摊破浣溪沙·家父忌日有思

浅浅人生落叶残。西风推皱瘦波寒。云鹤霜天影飞逝，孑单单。　　欲去将儿依次唤，弥留还把北方牵。回首泪珠徒添恨，孝年年！

2016 年 11 月 8 日

丁酉年李氏大家庭欢聚敬亭山生态园闹元宵

元序家邦庆盛隆，宵灯辉映舞春风。
佳园生态陶清气，节朔同堂暖意融。

2017 年 2 月 11 日

为两孙女《假日休闲》小照题

四条小腿欲登攀，双臂枕头儿惬闲。
如许天真何烂漫，开心那笑透皮顽！

2017 年 4 月 3 日

采桑子·丁酉六月初八生辰观荷寄怀

水流云动轻如许。曦照青莲，倩影蹁跹，亮节高风入雅弦。
翠光交映通心事。爽气无边，消溽穷年，直把清馨寄世间。

2017 年 5 月 15 日

破阵子·建军 90 周年朱日和阅兵礼赞

威武钢枪阵阵，雄风号角连营。铁甲森森驱导弹，鹰击长空歼二零。沙场夏阅兵！　　八一军旗猎猎，魅魑魍魉纷惊。听党指挥跟党走，朱日和前钦点名，谁能负此生？

2017 年 7 月 30 日

浣溪沙·老屋祭

白露如期细雨绵，遥看凉水碧荷残。依依倦柳不听蝉。　　一叶秋风知冷暖，两层老屋记危安。蒹葭吹雪雁征南。

2017 年 9 月 7 日

浣溪沙·喜迎“十九大”召开

壮月枫红桂子香，风清气爽景呈祥。中华繁盛党旗扬。　　汇聚群贤情切切，共商国是志昂昂。初心不忘又朝阳。

2017 年 10 月 17 日

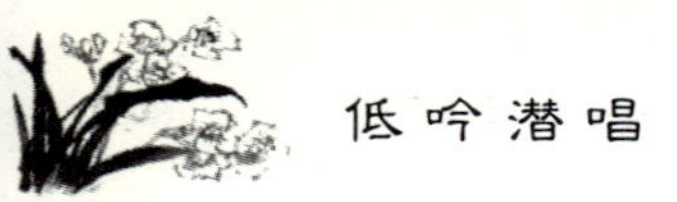

忆秦娥·翁媪登高

轻步越，登高赏景心情切。心情切，一声云雁，菊黄枫烈。　　暮年尤喜重阳节，朱颜皓首长相挈。长相挈，霞觞对举，合家欢悦。

2017 年 10 月 28 日

虞美人·咏丹桂园

桥头谁立擎天柱，市景听风处。轴中独守一方闲，旭日临窗遥望美江山！层楼拔地通仙府，明月轻轻语。撞香桂子唤人家，却看华灯初上恁繁华。

注：轴中，指丹桂园坐落在梅溪路与昭亭路交会之宣城中轴地段。

2018 年 1 月 26 日

定风波·敬亭拾梦

放眼诗山百感倾，天然气息自空灵。四季轮回催候物，谁步？田荷翠盖一湖平。　　回望悠悠双塔处，稍伫，散尽浮华好澄明。梦里相思曾几度，休负，尘嚣心外一身轻！

2018 年 6 月 20 日

参加全国赵朴初诗词研讨会暨“朴初故里禅源太湖”诗词大会有感

古邑禅源景太和，朴初故里佛光多。
诗词研讨说经典，笔墨传承书法科。
湖水融融风雅颂，花亭暖暖也么哥。
如歌岁月初心见，秀美文园盛会摩。

注：也么哥，这里借用来表示曲，以与风雅颂的诗相对。朴初公亦善曲。

2018 年 10 月 30 日

卷 二

贤业篇

赛诗会放歌（古风）

主席教导记心中，兵团战士最光荣。
艰苦创业学大寨，移山治水往前冲。
荒原改田成画册，碱洼开渠入卷宗。
北风呼号刀割脸，虎口震裂不言疼。
天寒地冻何所惧，你追我赶热血涌。
接受农民再教育，炼得丹心向阳红。

注：主席，即毛泽东主席。1975 年中学毕业后下放吉林省大安县三合公社。此诗为参加兵团开渠大战赛诗会而作，应当是首创。

1975 年 10 月 25 日

中国第一个教师节有赞

孜孜不倦灌春苗，修剪灵枝事业高。
心血深根基础树，汗滋理想沃英豪。

1985 年 9 月 10 日

到旌德参加皖江南片环卫协会会议有感

由来“清道”欠人尊，旌德城区兴此门。
环境卫生明有道，家家懂得苦和辛。

1991 年 11 月 2 日

天门山感怀

——初到马鞍山市考察环卫工作

天门中断楚江开，惬意随团考察来。
美丽钢城勤环卫，忠于职守扫衢街。

1992 年 4 月 14 日

“千里马”杯笔会下榻桃花潭宾馆感吟

诗仙身影非缥缈，一曲瑶琴千古吟。
浪漫写真听报业，桃花潭酒醉知音。

1992 年 12 月 2 日

清平乐·环卫工人赞

出门谁早？君把霜儿扫。本色辛劳情佼佼，汗透衣裳湿了。　竹箸清净街沿，文明播洒庭前。城市风清靓丽，光荣熨展心田。

1993 年 12 月 2 日

考察张家港文明城市有吟

穿州越港久闻香，城市文明远近扬。
芳草萋萋环保地，钟灵毓秀好阳光！

1995 年 3 月 9 日

忆秦娥·垃圾堆放场（新韵）

七里寨，荒山野地人聊赖。人聊赖，垃圾孳毒，菌蝇生害。　农民无计来团拜，包围厂长一而再。一而再，农田减产，岂能疏怠！

注：1995 年 10 月，为及时处置城区生活垃圾，原宣城市政府在夏渡林场南部征地十亩，建设一座垃圾无害化处理厂。余为首任厂长。

1996 年 7 月 6 日

江城子·赠江维生主任

主抓环境卫生江，事桩桩，总商量。南奔北走，情系垃圾厂。冬顶严寒挑大坝，春未过，为电忙。　　成全当谢供电方。再林场，夏渡乡。东盟西结，伐树大军强。二十一杆齐立后，和“薛总”，洽“三厂”。

注：“薛总”，即薛胜东。时任安徽省宣城供电公司经理。

1997年5月6日

忆秦娥·垃圾处理厂（新韵）

七里罡，车鸣鸟啭人欢畅，人欢畅。白天送水，晚间输亮。　　隆隆机器工棚响，垃圾处理变模样，变模样。环保科技，卫生无量。

1997年6月8日

随省建设系统工会干部游览中国鳄鱼湖

夏渡园区别有天，湖光山色几悠然。
鳄鱼闲伏泥塘凼，游客交谈种物篇。
峰谷和谐相对乐，烟霞依袭自居安。
今听扬子稀生物，恍若回归上古年。

2000年4月28日

赞全国劳动模范唐述富

最记常年身影忙，和风穿户送馨香。
心怀老弱常宣慰，体恤卑微不恃强。
凝聚工人钻技术，倾忱厂部举宏纲。

平凡岗位忠功业，“五一”奖章载誉扬。

2000 年 5 月 1 日

参加宣州区第十次妇女代表大会有感（新韵）

平凡岗位砺人才，侠骨柔肠志满怀。
九月丹枫情似火，风流一脉竞相来。

2002 年 9 月 17 日

季花四题

——以此总结过去，开启今后退休新生活

兰花

不争雨露不争光，逸态芳姿峡荫藏。
一日随风关不住，淡然开蕊作幽香。

荷花

红裳映日碧波盈，翠盖迎风娴雅呈。
藕断丝连非所以，清清高洁自忠贞。

菊花

孤芳持节不从流，篱畔开怀守望秋。
寒露霜风无惧色，却为陶令遣非愁。

梅花

暗香浮动数枝栽，点点冰心不用猜。
高标非是凌寒色，花好何须绿叶陪。

2008 年 1 月 1 日

调笑令·晨谧

晨跑，晨跑，惊醒枝头宿鸟。鸣啼恐噪银宫，盈盈旋踵小风。风小，风小，馨气轻拂径草。

2010 年 4 月 6 日

沁园春·争创省级文明城感赋

名邑宣城，北枕查山，南抱鳄园。慨街区发展，景观万万；人文建设，气象千千。绿岛林荫，红灯路照，街道纵横皆列编。三环路，为城区拓展，谱下新篇。　　文明争创挥鞭。策业业行行尽领先。感庭中锦绣，门前“五好”；街流热闹，市溢荣繁。古韵流芳，新贤辈出，广场社区文化淹。齐努力，赞市、区两级，携手并肩！

2013 年 7 月 17 日

环卫洒水车

街头洒水车，巷尾洗余渣。
迎旭惊朝露，披星沐晚霞。
淤渣无害化，污染有机查。
水卷尘烟没，音消灰土斜。
盈盈勤作业，靓靓笃清嘉。
独道成风景，文明一异葩。

2013 年 7 月 22 日

网上读邢少山老师《宣州瓜果颂》

天热因常犯躁狂，果瓜无赖诱人香。
看山版主传三韵，如灌琼浆肺腑凉。

2013 年 7 月 23 日

“爱心驿站”赞

——有感市区主街道有关单位和个人为露天在高温下作业的环卫工人提供小歇站（点）和爱心服务

夏日炎炎恶浪横，“爱心驿站”歇凉棚。
文明绽放花千树，冷饮冰茶递热情。

2013 年 7 月 26 日

学诗感赋

独枝疏叶意忡忡，竖曳横摇万象中。
忽藉和风初泛绿，便凭细雨暗滋红。
体存淡雅根生地，韵本清纯气入穹。
世俗尘嚣皆遁去，幽深旷谷荡清风。

2013 年 8 月 14 日

观宛溪左岸版主绛州澄泥砚组图有感

百态千姿应运生，镂空雕版各丰盈。
神龟绛砚汉秦卧，秀鹤泓澄唐宋鸣。
太白醺吟知可醒，佛尊笑坐感非惊。
娴珍雅艺人称绝，国宝承传助笔耕。

2013 年 8 月 18 日

自　　嘲

近期连续赴了几场“状元宴”。看见风华正茂的学子如今将在宽松、和谐的环境里学习、生活，感慨万千。不禁想起了自己的青春岁月。特口占一诗调侃之。倒也津津。

状元喜宴令人醺，乱想当年往事纷。
晨醒传来样板戏，夜眠回荡“地雷”音。[1]
初开情窦学耕地，懵懂文思教育人[2]。
革命熔炉经火烤，坚如钢铁铸青春。

注：[1] 那时我们广播听的就是《红灯记》等8个样板戏，“样”这里应平而仄了；影院里看的就是《地雷战》等为数不多的战斗片。[2]“学耕地”，中学毕业即下乡务农。“教育人”，自己文化课还没学好，却当民办教师教育农家小孩儿。

2013 年 9 月 7 日

观江湖客先生新版《荷馨雀跃》诗图

翠捧香腮弯月荷，袅羞娜涩费吟哦。
苦心待雀秋波莅，莲子冰糖爱恨歌。

2013 年 9 月 19 日

行香子·读徐德明先生《白水闲草》有感

青草盈坡，白水汪汪。好营养，牧马牛羊。人情练达，飞彩扬光。感少年幻，中年实，老年狂。　　诗人愤怒，情感沧桑。有文萃，鼓乐铿锵。游山历水，涓滴通江。得展情趣，舒心志，嫁衣裳。

2013 年 10 月 8 日

贺敬亭山诗词学会第六届会员代表大会

敬亭盛会史空前，接力争先荐举贤。
荟萃群英犹惠我，诗山行韵梦终圆。

2013 年 11 月 26 日

八声甘州·敬亭山诗词学会第六届代表大会感赋

看芳园菊竹荡秋光，爽气透清香。喜诗山盛会，群英毕至，笑语飞扬。宛水鸣弦不绝，咏帜更铿锵。泼墨书平卷，再润瑶章。　　谢李升歌发藻，历唐风宋韵，灵慧疏狂。感高吟浅唱，徵羽角宫商。脉相承，共襄良举；梦相依，沥胆见衷肠。千秋赋，八音齐奏，阵马风樯！

2013 年 12 月 1 日

信　　心

“幼稚”天生无药医，纵观历史不为奇。
谪仙绝唱传千古，敢问当朝有几知？

2013 年 12 月 4 日

读笨鸟斋主《见报载关爱环卫工人举措有感》有感（二首）

街道清扫工

职业谦虚志不卑，胸怀大帚气扬眉。
朝肩晓露珠三担，夕脚斜晖酒两杯。
挥却屑渣和秽土，涤除陋习与陈规。

如今社会多尊重，关爱谐风阵阵吹。

垃圾清运驾驶员

苦脏岗位我当先，谱写垃圾运出篇。
穿巷过街轮辗转，驰桥骋洞向安全。
寅餐卯食寻常事，延点加班亦坦然。
纵遇荒郊车怄气，权将赏景笑谈添。

2013 年 12 月 26 日

临江仙·痴媪学诗

冷夜倚床冥想，晴窗嚏日轻吟。江山万里赋倾忱。良辰潮涌起，诗海媪痴寻。　　桌上旧书纷叠，枕边新卷常临。灯前电脑映丹心。暮年风雅颂，枫景兑成金。

2013 年 12 月 30 日

醉花阴·惜时

水阔山高寒雨瘦，松柏弥青秀。弹指又秋冬，树扩年轮，人亦添颐寿。红梅一笑新春透，好把童心逗。策马再扬鞭，莫道龙钟，伏枥心依旧。

2014 年 1 月 9 日

回　　味

敲盘按键老新痴，雾漫厨房蒸汽弥。
不得了来冲进去，珍珠顺壁滴成诗。

2014 年 1 月 15 日

有感诗会部分书法家赴社区送春联活动

社区南北万家欢，相拥红联赞墨坛。
大地山川收笔底，九州祥瑞上毫端。

2014 年 1 月 21 日

二小采风（二首）

走进二小

宣城二小又新篇，校舍两边人两边。[1]
无意灰尘喧扰旧[2]，有心花木灌浇鲜。
后生真草先生爱，学子涂鸦夫子怜。
教导谆谆淹入海，书声琅琅满飞天。

注：[1] 校舍两边人两边，随着“二小”这几年的飞速发展，现址面积已不能满足所需，所以又在华邦征地设一分校，故云。[2] 无意灰尘喧扰旧，是指昔日宣城的老二小（也就是现二小的前身）位于老城西头湾菜场边时，人车嘈杂，干扰严重，环境相对差。

鹧鸪天·我们之希望的校园里

塔影湖光上碧空，龙头独立气豪雄。校园三月天真语，广玉兰花绽笑容。
声阵阵，意融融。莘莘学子梦同童。春风正染梅溪柳，桃李阳光智慧红。

2014 年 3 月 15 日

水调歌头·参加 2014 年“十八巷”版主会感赋

畅我论坛事，版主喜怀襟。南丰酒业相聚，南北递佳音。发表真知灼见，展望宏图愿景，兴盛属当今。网络绽新蕊，科技降甘霖。　　道“民生”，品“百味”，和“诗琴”。经营渐入佳境，何不再淘琛！要趁春光正好，培育精

英品质，把石点成金。巷子林繁茂，版块叶枝荫。

2014 年 3 月 24 日

宣城创建中华诗词之市有感

芳菲四月天，“申创”启新篇。
鸟唱青山转，云飞彩练悬。

2014 年 4 月 23 日

题《浒里是一幅魅力巨画》

巨幅丹青桑梓地，遥看列岫连天际。
粉墙黛瓦错畦林，点点浮光湾秀丽。

2014 年 5 月 4 日

读程家林老师《竹坡词》笺注

《竹坡》《笺注》两悠扬，叶茂根深溢彩章。
解萚新篁明析理，诠将气韵节中详。

2014 年 6 月 27 日

宣城诗会初见吴浪风老师有赠（二首）

一

高日炎炎七月天，师生一见识真贤。
浪涛流响韵传和，风正扶帆诗雨田。

二

古贤立雪在程门，流火良师今屈尊。
百韵携来吟者众，一腔热血铸诗魂。

2014 年 7 月 22 日

拾　　趣

老境咸知老，心平乐趣多。
词林寻锦翠，诗海戏金波。

2014 年 8 月 9 日

花　　殇

丝雨绵绵似织秋，感花无语惜难留。
残香细袅菲方尽，几许深情还掩羞。

2014 年 8 月 20 日

读《21 世纪中国诗歌桃花潭宣言》感赋

几树桃花灼碧潭，一篇经典咏千年。
踏歌寻梦风流竞，震古鸣今集雅贤。

2014 年 8 月 24 日

“宣城市第三届老年人健身活动展示”活动赋

重阳翁妪舞欢欣，广场翩翩追彩云。

身伴节拍随鼓点，情依旋律逐歌纷。
但观太极柔球缓，又看挥刀叠扇勤。
尚有行车骑浪漫，且通血脉更舒筋。

2014 年 9 月 6 日

读崔之华老师《守望记忆》有感

守真抱朴傲浮沉，望远登高传火薪。
记取韶光青涩泪，忆成卷帙惠来人。

2014 年 9 月 10 日

贺重组宣州区诗词学会（二首）

一

菊咏宣州气爽高，文华韵雅竞风骚。
而今树帜成分会，乐赏新声共一陶。

二

敬亭吉鸟唱清新，桂满郊城景物纷。
申创诗乡开瑞尔，诗坛文化出奇军。

2014 年 10 月 8 日

宣　　砚

大德龙潭砚，尽凝精石魂。
滋熙凭造化，顺理入宗门！

2014 年 10 月 22 日

考察宣城帮教中心杨柳拘留所诗词三首

感化教育

勤劳能致富，悔过自常新。
感化传帮带，修身教育人。

会见窗口

迷途禁闭念家亲，小过无思路窄贫。
最是悬崖当勒马，乾坤朗朗自由人。

菩萨蛮·环境印象

十人同阵观杨柳，文明单位文明秀。蔬菜满畦边，设施齐建全。　拘留前鉴后，矫正新别旧。妙手塑常人，韦陀同点津。

2014 年 12 月 11 日

参加宣州区诗词“六进”骨干培训班学习

偃风户外诉衷肠，格律厅中群激昂。
太白举杯遥祝醉，宛陵酒里漾诗乡。

2014 年 12 月 16 日

赞杨柳乡好人

退休教师陈秉刚

陈门教育以身书，秉义守仁扶幼孤。
刚毅力行排万苦，师先垂范载荣殊。

好医生强明珠

明德惟馨暖杏林，珠圆玉洁几情深。
人民代表怜民疾，悬壶济世巾帼钦。

2014 年 12 月 30 日

贺《宛陵诗词》创刊号（鹤顶格）

宛水扬悠韵，陵山嘹亮音。
诗弦家户诵，词赋献丹忱。

2015 年 2 月 4 日

春夜喜雨（二首）

一

夜雨敲窗偷送福，喜音阵阵贺春姝。
依稀芳草连天际，笑备丰年酒一壶。

二

夜半敲窗忙不停，淅淅沥沥到天明。
芳林拔地随风起，野水依天着露生。
但愿霏微凝瑞气，更期霁景兆祥荣。
今春喜得三犁雨，秋后粮丰无处盛。

2015 年 2 月 24 日

感春惜时

一湖春水漾苍苔，便有文禽彩翼开。
芳草适时随意长，白云索趣等闲来。
嗟余皓首赞修木，叹未垂髫树逸才。
知著见微缘向晚，惜时奋勉莫徘徊。

2015年3月16日

读陈虎山会长《申创诗城有感》

诗乡申创众翁忙，尽泼丹青韵锦章。
翠柏苍松收画里，一襟晚照壮辉煌。

2015年3月24日

读徐德明先生《白水闲草》续集感怀

惠书敬悉阅三遍，澎湃激情忘暮年。
愧己小家哦囿地，羡君大气咏冲天。
满园桃李享吟誉，盈箧诗词可抚弦。
但得师尊丁滴水，即非潇洒也超然。

2015年3月28日

临帖偶得二绝句

归鸦柳外入云蹊，流水小桥清景怡。
古道东风肥万马，晚霞如韵咏千诗。

长歌曲曲竞新奇，短调声声谁最知。
春雨春风春色里，好词好句好文思。

2015 年 4 月 10 日

题赠“博瑞特”环保摄影大赛二等奖作品《宣城市污水处理厂》

按动快门一瞬间，光圈微控几回旋。
白云碧水蓝天共，净化犹能靓大千。

2015 年 4 月 11 日

上论坛两周年有感

实意虚心上论坛，须臾未觉两周年。
初因无识讷言恼，今采众思堪寄筌。
常记看山勤引路，不忘斋主苦浇田[1]。
若云晚岁开怀事，当与诗朋结咏缘。

注：[1]“看山”“斋主”皆为网名，即邢少山和黄保平两位老师。

2015 年 4 月 11 日

祝贺国投宣电江城诗社成立

线接天涯韵事多，扳钳敲赋壮山河。
江城诗社今成立，好荟群英发浩歌。

2015 年 4 月 26 日

宣城好人赞

母爱

——有感安徽好人胡玉娣照顾瘫儿40余年

襟量三尺布，怀丈九重天。
穷尽平生力，看儿四十年！

别样选择

——有感宣州区首届道德模范、年轻的癌症逝者张诗木向红十字会自愿捐献遗体

生命如诗名亦诗，凤凰浴火涅槃时。
且将大爱遗华夏，人性光辉耀宇琪。

大美人生

——有感宣州好人、安广网络公司孙埠中心分部员工共产党员梅军民挺身救落水儿童的事迹

一发千钧救七童，纵身寒水冻冰中。
同心携手匡危难，迎得神州暖意融。

善筑惠民路

——有感宣州好人、向阳镇桐梓岗村民邱金才捐资筑路

致富难忘故土情，回乡筑路便民行。
捐资三万人心鉴，安得几回著令名！

2015年5月22日

礼赞官东

生来原待济临危，漩涌潜龙壮举为。
滚滚长江瞻望远，救人舍我又其谁！

2015年6月10日

恭贺《鳌峰韵声》创刊号（二首）

一

鳌头独占镌文华，峰笔如椽尽大家。
韵雅格高擎一帜，声扬四海乐天涯！

二

诗国地，梦飞扬。白云悠古韵，青竹节新章。菲芳深处吟声起，啼鸟啁啁天籁乡。

2015 年 6 月 21 日

环卫标兵徐开锋（新韵）

入伍曾经西藏援，返乡沥胆更披肝。
日升忙到星追月，暑溽苦成雪漫天。
手持网兜河面赶，臂挥扫帚汗衣沾。
勤劳彰显人根本，正正真真一党员！

注：徐开锋，现为安徽省宣城市宣州区环卫清洁工。自 2002 年退伍从事城区环境卫生保洁后，十几年如一日在城区清扫街道，打捞河面上的垃圾。其任劳任怨的奉献精神，受到建设系统广大干群一致好评。连续多年被区、市、省授予“宣州好人”“优秀党员”“安徽青年五四奖章”和“劳动模范”。2015 年被授予“全国先进工作者”光荣称号。

2015 年 6 月 26 日

参加宣州区创建中华诗词之乡重点单位迎检工作推进会有感

"申创"声声征鼓急，稳中推进再攀跻。
为圆多彩诗乡梦，跃马扬鞭竞奋蹄！

2015 年 7 月 21 日

有感王鸿树、邱忠尚、徐德明三会长座谈宣州区诗词之乡申创活动推进会（新韵）

查山声律振，宛水韵情融。
流火燃七月，诗心映日红。

2015 年 7 月 31 日

恭祝徐德明先生新作《古典诗词作品写作指导》（上、下）付梓

良工应赖典章佳，指导入门成一家。
自觉耕耘申创捷，诗山琢玉锦添花。

2015 年 7 月 31 日

赞英雄陈海鸣

纵身一跃化长虹，定格芙蓉谷上空。
情感游人纷洒泪，义为大众尽尊崇。

2015 年 8 月 10 日

参加宣州区地税局职工“爱岗敬业无私奉献”道德大讲堂教育活动有感

肩章担道义，经典涤心尘。
步入新常态，无私奉献真。

2015 年 8 月 25 日

参加宣州区《同修礼乐　共读诗书》诗教培训有感

宣城太守北楼宗，申创诗乡韵味浓。
大雅温馨盈市井，清平乐里荡心胸。

2015 年 8 月 31 日

贺敬亭山诗词学会市直分会成立

金秋桂绽馥诗笔，一帜高扬聚众贤。
筑梦鳌峰风正好，吟歌阵阵颂尧天。

2015 年 9 月 15 日

人月圆·寄友

时逢花甲何言愁？乐趣自寻求！心如流水，清波漾漾，快意常浮。
天年怎料，怨尤应化，摧虑当休。养生修性，吟诗把酒，无限春秋。

2015 年 9 月 30 日

观罗治森老师现场挥毫作画有赠（二首）

一

先生运笔见神功，洒落襟怀气自雄。
凤舞龙飞循至道，丹心随墨亮高风。

二

丹青老道不帮闲，无限情怀青弋川。
行草波澜掀篆阔，得书不啻洗心禅。

2015 年 10 月 14 日

申创“中华诗词之乡”迎检诗一组

申创“中华诗词之乡”感怀

踱步查山百感倾，相看秋色总怡情。
将军昨岁吟哦句，点缀诗乡作画屏。

有感宣城“诗教活动”

宣城给力舞风流，“六进”频频竞自由。
诗伴稚童吟日月，词随皓首赋春秋。

迎“国检”感怀

欣迎京邑友朋来，万语千言斟满杯。
宛水波清重步韵，查山景秀再登台。
秋高气爽祥云笑，菊灿枫红霜月裁。
共启新程星闪烁，诗花国里尽情开。

2015 年 10 月 17 日

幸会敬亭山风诗友有感

习韵切磋方，诗坛咏俊郎。
迢迢桑梓地，仆仆北京乡。
句水忙歌舞，鳌峰乐韵扬。
有缘今一晤，兴满酒千觞。

2015 年 10 月 10 日

颂　古　贤

李白

谁铸擎天剑，霜声破半空。
月光冲肺腑，诗酒绎豪雄。

范仲淹

正公记罢岳阳楼，天色湖光一并收。
后乐先忧心致远，精神典范照千秋。

贡安国

先知先觉且先行，点亮明清心学灯。
“两院”穷究天下事，清辉净域大宣城。

佟赋伟

躬政世家钟水利，拜疏开浚总驱驰。
煌煌一坝辉青史，公仆镜前应有思。

2015 年 12 月 24 日

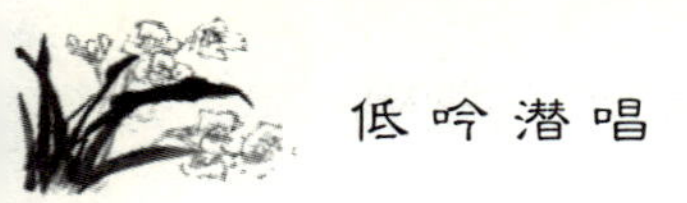

千秋岁·新年有寄

彩堂灯炫，岁杪开文宴。夺“桂冠”，吟花灿。争将无尽意，倾入香螺盏。真个是，咏心不老情难断。　　绿萼红丝砚，聊记新春愿。诗酒纵，屏前见。壮游歌汉武，信手同敲键。欣看那，楚风劲舞琼枝漫。

注：“桂冠”，指宣城荣获“中华诗词之市”。

2015 年 12 月 31 日

赞诗词学会雪天到锦城社区送春联

寒天数九踏歌行，喜送春楹妆锦城。
只道雅香成雅趣，怎知浓墨载浓情！

2016 年 2 月 3 日

谢余立华大姐荐读“三书”

相识昏晨短，相知日月长。
翻天思品位，倒海大文章！

2016 年 2 月 27 日

参加西林办事处诗教活动感赋

三月江南暖意融，唐松宋柏笑春风。
韵流西苑黉林里，浇灌诗花朵朵红。

2016 年 3 月 28 日

闻同事朱小木故去有吟

父母双亡幼岁孤，臂残自立扫街衢。
满身灰垢唯心净，一别尘寰泪有无？

2016 年 4 月 10 日

江城子·贺省“诗教”工作会议在宣召开

春风一缕又青阳。气凝香，韵流芳。朵朵祥云，百鸟竞飞翔。八皖文雄齐聚会，敦教化，继年长。　　高斋追梦创诗乡。帜飘扬，耀荣光。老树开花，贤辈舞霓裳。唱和推心情切切，倾薄酒，贺辉煌。

2016 年 4 月 18 日

康震教授来宣讲座诗词感赋

讲堂诗品无虚席，解读情怀惹众痴。
雷动掌声因妙句，诗山享誉恨来迟！

2016 年 4 月 24 日

病友家事（二首）

患难夫妻

爱妻罹患痛残肢，百护千呵夫不辞。
素志灵犀双比翼，人间真爱乃天诗。

嵌名诗（新韵）

慧质心兰犹朴廉，敏疾拾物不吞占。
当将玉坠还失主，赞誉平民德养恬。

注：慧敏，即因患脂肪瘤而截断右腿的病友周爱萍的女儿。一次清洗浴缸欲为母亲洗澡时，发现一玉坠项链，急速捞起，交还到正在办理出院手续的失主手上。其景十分感人。

2016 年 4 月 24 日

颂好人一组

贤媳刘金荣

盲瞽婆婆二十年，不离不弃侍身边。
辛勤换得萱堂乐，敦爱贞诠孝为先。

拾金不昧仲翠兰（嵌字诗）

拾得应知非己物，金钱照面重端行。
不求一夜清贫解，昧匿良心怎抹平！

退而不休黄福康

退休不肯逸中闲，余热辉煌又十年。
汗水清粼环境美，温馨众口赞连连。

浣溪沙·贤妻陈春香

夫婿身瘫十七年，春香服侍在床前，端茶递饭碌无闲。孝敬公婆承责贷，抚怜子女备辛艰，堪担大爱正弘贤！

乐此不疲宋佳银

水水山山淡淡妆，行乘一路慨尤慷。
现金物卡还丢主，不负的哥更夜忙。

忠于操守孙荣坤

光暗淡，草芳茵，目凝神。牙石路，现包巾。找头头，交物管，德操遵。
钱卡证，检依循，不辞辛。还失主，用情真。奖旗来，纷点赞，耀荣坤。

潇湘神·大爱可钦付鸿宾

言爱心，言爱心，出租驾驶几倾忱。素味急忙先送诊，解危救难令人钦。

情洒物管余义坤

余情顺义乐西坤，贯一春飚推寄存。
不厌居民烦琐事，平凡物管见精神！

2016 年 5 月 4 日

有感手机微信群

手机开辟一方天，异景奇观靓眼前。
大侃欲圆家国梦，小观兴致竟无眠。

2016 年 5 月 16 日

临江仙·喜闻邱忠尚老诗集付梓刊行有感

国事民情平仄里，诗词曲赋求精。真知灼见众人倾。骚坛荣志，党报撷贤英。
慈竹贞松风雪历，鞠躬尽瘁平生。晚年放咏竭忠诚。吟心不改，懿德著清名。

2016 年 5 月 31 日

端阳职院祭忠魂

端阳职院奠灵均，一代诗王永世尊。
汨水长流吟带恨，争游百舸颂忠魂！

2016 年 6 月 7 日

读李开复先生《向死而生》感赋

大道创新长啸天，直将生死付坤乾。
匆匆雁过鸣秋老，方悟清修不待年！

2016 年 6 月 11 日

恭贺郎溪县获“中华诗词之乡”荣誉称号

群星璀璨耀郎川，文脉才思涌胜泉。
吟帜高擎欣折桂，诗乡圆梦艳阳天。

2016 年 7 月 10 日

恭贺江湖客先生荣任“江淮风雅”版主

不惧人生坎坷多，好诗总爱儿研磨。
而今明月江淮照，雅韵悠悠荡碧波。

2016 年 8 月 5 日

采桑子·余立华老光临寒舍感赋

淡交当信秋光里，向晚诗工。依旧情浓，写意人生碰几盅。　月明同醉昭山下，金桂丹枫。别样心胸，皓首欢颜啸碧穹。

2016 年 8 月 20 日

答谢吴鉴评先生惠赠手写本诗选

精深功底塾师传，一部诗书透纸鲜。
古色古香无价宝，馨香直可并青莲。

2016 年 9 月 15 日

浣溪沙·再次答谢吴鉴评先生惠赠

抄本线装书古优，左翻右看手难丢。蝇头小楷笔锋柔。
更有诗词香扑鼻，行间句牍蕴情稠。金声玉振越千秋！

2016 年 9 月 16 日

咏　　荷

荷官莞尔灿骄阳，质洁操清别众芳。
傲骨冰心借秋雨，听残依旧寄方塘！

2016 年 9 月 19 日

网友看宣城诗词一组（四首）

敬亭苑、天羽东苑小区综合治理感赋

和谐旋律韵铿锵，“两苑”小区更改忙。
同创齐争调五彩，霞飞天际梦偏长。

开元小区城市立面改造有思

不甘久寂隐真身，执与北楼相比邻。

怀怨“城规”无远划，娇嗔牵动后来人！

注：真身，指始建于晋的宣城开元塔。在新世纪初城区大开发建设时被圈入开元小区里，随旧城改造，现已将遮挡它的沿街门面房拆除。北楼，指南北朝时江南四大名楼之一谢朓楼。一塔一楼，隔街相望。

赞农资路及临时停车场地块征迁建设工程

风和气爽净嚣尘，地块征迁谁写真？
调整详规吾动脑，执行细则尔伤筋。
六千平米停车场，二十整天游说宾。
德政工程民善解，拓开新路一家亲。

西江月·宣城小吃一条街印象

笑语欢声盈耳，男女老少徜徉。是家是店是商场？清丽清新清爽。
歆嗅桌台盘盏，酥香如酒穿肠。招牌小吃美彰彰，打造文明形象。

2016 年 9 月 29 日

重阳节环卫工人良盛楼一聚有赋

老怀犹惜日天长，品味楼中菊酒香。
步步登高扶大笑，年年重九胜春光！

2016 年 10 月 9 日

有感吴浪风图书馆捐书并步《再访诗山谢徐德明萧礼堂张阳旭胡秀玲诸君》韵以示答谢

捐书献韵到宣州，词海诗山任尔游。
默默躬耕励我辈，孜孜伏枥感群俦。
心声领唱于湖曲，碧血赓吟孺子牛。
玉尺考量堪笑慰，风流执着写春秋。

2016 年 10 月 26 日

采桑子·秋吟（新韵）

华灯初上陵阳聚，“九五”诗朋。“九五”诗朋，笑语欢歌不了情。
相逢又去思犹重，欲见无从。欲见无从，微信平添秋韵声！

注：“九五”即黄洁诗友从福建回宣后，吾邀来和她一聚的九位女士和五位先生。

2016年11月6日

冷　雨

立冬时节至，万籁寂无声。
唯有潇潇雨，借风寒五更！

2016年11月7日

邢少山《岁月吟草》首发式赋（新韵）

吟帜黉门树，骚魂牵古今。
敬亭飘宋韵，宛水奏唐音。
高品高风现，真情真味存。
未及开酿瓮，已醉捧卮人。

2016年11月20日

聆听朱恩三会长文化自信诗词讲座有感（二首）

一

理科公仆展吟旌，授典传经薪火明。
引领风骚弘国粹，坚持自信壮豪情！

二

黄钟大吕壮心声，韵海飞花精彩呈。
文论山高传至理，醍醐灌顶谢先生！

2016 年 11 月 21 日

蝶恋花·答谢何老昌启会长惠赐墨宝

贤达归田情未了。笔走龙蛇，寄意传瑰宝。洒落襟怀笺里找，苍头华发耋耆老。　　人道疾风知劲草。望眼荣枯，一任浮云藐。最是铿锵诗律好，仄平曲谱君行早！

2016 年 12 月 19 日

赴诗友蔡青夫妇康复后阳江山庄酬宴有感

冬节如期日渐长，回阳淑气入山庄。
经风翠竹生苍劲，历雪红梅透暗香。
水墨丹青书品味，诗词雅韵咏铿锵。
礼贤三尺融三丈，酒侣诗朋意气昂！

2016 年 12 月 27 日

宣州诗词2017年会感怀

结社诗山抛却愁，乘风直上敬亭楼。
喜看云鸟双归至，古韵新声响宛州。

2017年1月15日

浣溪沙·礼赞城西社区为居民送春联活动

彤管斜姿舞锦笺，金梅树树致高贤，社区浪漫好欣欢。
细雨无声滋福地，楹联有寄许平安。金鸡唱晓又新元。

2017年1月18日

浣溪沙·新春团拜

丁酉新春聚福星，东风送暖见真情。人生交契总精诚。
倾尽玉樽唯我醉，填成小令众师评。熙熙高会感宾荣！

2017年2月13日

恭祝新兰姐姐《梧月清吟》诗集出版发行

梧月清吟秀，新春第一芳。
兰心生蕙质，雅韵散幽香！

2017年2月24日

早　　春

融情二月天，柳笛约阡眠。
鸭戏陂塘里，鸟鸣山涧边。
清风掀晓籁，信水续和弦。
回望斜梅影，逸凡自在仙。

2017 年 2 月 26 日

预祝秦皇岛市申创《中华诗词之乡》成功（新韵）

谁于碣石续新篇？申创“诗乡”欲夺冠。
魏武挥鞭声彻也，吟旗猎猎看时坛！

2017 年 3 月 6 日

有感杏林春暖

昨天上午，我在宣城市人民医院心脑血管住院部目睹了全体医护人员抢救一位 74 岁生命垂危的男性老人的全过程。医生左才红、胡仁平、丁银满等尊重生命、永不言弃的救死扶伤精神令人感动。故赋诗以赞之！

杏林春暖日暾暾，妙手郎中腑厚坤。
医术高超驱病痛，慈仁一片挽生魂。
白头不改时珍志，衣钵犹循思邈恩。
救死扶伤司大任，悬壶济世万人尊。

2017 年 3 月 10 日

观微信得句

采风诗友入官塘，尽享春妍丽日光。
佳景玉颜馋煞我，真当亲赴拍千张！

2017 年 4 月 12 日

观敬亭山版《中国诗词大会》有赞（新韵）

三月阳春暖敬亭，志乡攻擂聚文雄。
诗花怒放豪情涌，国粹中兴意气融。
为有吕涵张颖在，敢将谢朓太白惊。
宣城自古诗人地，今日更行颂雅风！

注：参赛选手吕涵、张颖均系宣城市二中在校学生。吕涵最后荣获擂主。

2017 年 4 月 22 日

欣贺敬亭山诗词学会第七届会员代表大会召开

诗节循阳幕启开，清风携韵筑高台。
昭山集景同书意，宛水盈光共举杯。
朱雀轻扬音万籁，碧荷漫展朵千枚。
宣城自古诗人地，国粹传承吾辈来！

2017 年 6 月 6 日

祝贺“宛陵诗词”在宣城社区论坛开版

把酒昭亭醉意归，宛陵擂鼓再相随。
泽芝尤把风骚领，撩动诗情让我追。

2017 年 7 月 1 日

贺敬亭山诗词学会在“中华诗词论坛”开版（二首）

七绝

敬亭诗兴上华坛，古韵今声扬大观。
格律时音唱新曲，传承经典大家看。

浣溪沙

宛水飞花醉太平，昭山啸月寿星明。鲲鹏展翅摘红英。
尹喜老君牛道德，曹操子帝燕歌行。风流岁月共峥嵘！

2017 年 7 月 25 日

夏日即景

红红夏日露东边，隔夜街阶暑气旋。
环卫工人挥帚影，真真摇曳宛如莲。

2017 年 7 月 29 日

鹧鸪天·感秋

连日窗前宿雨飞，骄阳似火减余威。无边霁色开枫径，夙夜凉风入菊扉。
炎暑去，劲秋归。蝉声切切透帘帷。才听飒飒梧桐叶，便见阳江螃蟹肥！

2017 年 8 月 13 日

贺南宣论坛《敬亭山诗词》版块开版（二首）

一

十八巷诗花满天，芬芳一路到南宣。
传承国粹千秋事，渲染家山大美篇。

二

宣城自古韵悠长，天宝物华文墨乡。
老树新花迎夏发，故园硕果接秋香。
诗魂万缕辉煌句，笔力千钧壮丽章。
却喜南宣开雅版，珠玑传典好风光！

2017 年 8 月 15 日

衣捐环卫工

大街晴上天，小巷雨连绵。
作业脏还苦，粗衣勤换穿。

2017 年 8 月 30 日

恭贺肖礼堂会长喜寿

人在征途心不老，志朝峰顶景长春。
莫言客路三千远，吾颂肖翁十万真。

2017 年 9 月 1 日

为微信群《白露》诗题续句

奉劝诸君徜且徉，西瓜蜜枣一天香。

满山欢喜丹枫热，半夜惊奇白露凉。
自有丰收平野阔，敢无开放大江长！
春花秋月人生味，却笑刘公独未伤。

2017 年 9 月 7 日

赞尊贤集团董事长周家乐

驱车北上破云天，秀草香花迎面鲜。
放眼官塘呈画卷，骋怀胜地弄琴弦。
名居名宅名人范，亲力亲为亲士贤。
方略纵横商有道，秉真赋就大诗篇。

2017 年 9 月 10 日

宣城争创全国文明城市感赋

宣城“争创”实堪夸，块管条抓毫不差。
大道车行循己线，小区环境任人查。
外宾有感街前叹，学子无惊课后嗟。
只道金秋多硕果，迎眸竞放文明花。

2017 年 9 月 21 日

悼邱老忠尚会长

泪滴千行诗草湿，悼声一片暮云低。
音容宛在凭忠尚，手泽犹存恰耳提。

注：诗草，即邱会长诗集《引玉诗草》简称。

题　　图

几点铃声檐角飞，法云寺上法云归。
阿弥陀佛随风响，可是长歌怀采薇？

2017 年 10 月 1 日

贺耿清会长楹联入选宛陵阁

湖水溶溶款款风，人文意气蕴其中。
嘉联依阁听天立，一并光辉日月同。

2017 年 10 月 2 日

赞宣州区“昆山湖杯”中华诗词大赛（鹤顶格）

诗入人心鸟唱晴，词连“广电”景新明。
大风歌起“昆湖”漾，赛场试看谁点兵？

注：大风，代指宣州区诗词学会会长汪传春，“大风”是其网名。广电，即宣城市广播电视局演播大厅；昆湖，即昆山湖生态旅游发展有限公司。宣州“中华诗词”大赛协办单位。

2017 年 11 月 15 日

参加敬亭山诗词教育基地揭牌仪式

风光总应四时殊，气爽秋高明镜湖。
诗教先鞭骚韵领，佳词丽句串成珠。

2017 年 11 月 7 日

【中吕·山坡羊】贺宣州诗词学会散曲社成立

唐诗淹蕴，宋词芳润。又闻元曲重新振。狠刨根，细敲论，宛陵结社承高韵。道友和弦皆运神。人，重懿品，文，重逸品。

2017 年 12 月 18 日

“三九”微信群消寒诗拈“重”字

三九江天冰几重，梅家小院望岩松。
阳光缕缕温穿竹，脉脉暖流何惧冬。

2018 年 1 月 10 日

临江仙·参加宣州诗词学会理事年会感赋

横雪一枝诗满路，迎春再亮心灯。骚人荟萃富豪厅。吟声绵不断，飞韵荡潮生。　　俦侣贤朋缘分使，宛陵感念曾经。今朝携手喜盈盈。登楼咨谢守，怎个赋深情?!

2018 年 2 月 2 日

“六九”微信群消寒诗拈“柳”字

六九春溪刚醒柳，雷公积极先开口。
人生自信莫轻狂，荣谢轮回无太久。

2018 年 2 月 6 日

浣溪沙·参加安徽省诗词学会元宵诗会有吟

谁引东风上九霄？南宣北合漾春娇，传经颂典乐逍遥。
狮舞淝城追大梦，龙腾盛世竞高标。繁华入夜点妖娆。

2018 年 3 月 4 日

“九九”微信群消寒诗拈“姿”字

春梅冒雨出新姿，纤柳迎风舞柔时。
早有流莺开口序，打吾吟首小清诗。

2018 年 3 月 5 日

诗友寻真

寻真寻得几情真，雅赞高评下笔神。
只道诗山花烂漫，芬芳最是捧花人。

注：寻真，即庞晓丽诗友。寻真乃其网名。

2018 年 4 月 7 日

恭贺黄保平老师《笨鸟斋集韵》付梓

淩虚贤鸟韵衔成，太白楼前化古声。
十载奋飞谁解语，雅斋琢艺艺尤精！

2018 年 5 月 1 日

阅余立华老《余韵悠长》书画集清样有感

淳深赏永宵，宁静感迢遥。
寄意三千远，回声万丈潮！

2018 年 5 月 2 日

国投宣电诗词联谊感赋（二首）

鹧鸪天・赞国投宣电

六月荷馨霸楚天，风来热力两三弦。
国之伟业英雄率，行解精专才俊添。
输电网，送能源。万家灯火等非闲。
情昭风雨向阳地，业旺田园宛水间。

高阳台・参加国投宣电诗词联谊会感赋

尔比吾猜，分曹射覆，对擂抢答呱呱。经典传承，高台朋满吟奢。诗心点点光明处，韵悠长、挥手瞻遐。看今朝、谴兴陶情，更喜飞花！寻章摘句花铺路，感玄晖凭眺，李白披袈。宣电风流，清平乐展芳华。诗词寄语江山秀，守初衷，踏遍天涯。创和谐，物景人文，尽染云霞。

注：尔比吾猜、分曹设覆、飞花令等均为此次联谊活动项目名称。

2018 年 6 月 18 日

凌　霄　花

凌霄花虽美，但却为古往今来之文人所不看好！今受杨玲会长佳律感染，也来赞美一下。

弱枝未必不凌霄，默默无闻气自娇。

执着卑微行我素，顽强纤软任他瞧。
未因橡树舒婷致，缘为柔花居易消。
慷慨声歌君不见，林泉听啸烨中摇！

注：白居易有诗曰“有木名凌霄，擢秀非孤标”，并明确告诫人们“寄言立身者，勿学柔弱苗”。

2018 年 7 月 5 日

悼陈双四诗友

闻讯一身惊，音容脑际萦。
痛心伤永别，挥泪寄哀情。

2018 年 7 月 23 日

世说问题疫苗

疫苗人命乎！道德口红涂。
赚得长生在，儿孙亏有无？

注：长生，即假疫苗生产公司名称。

2018 年 7 月 30 日

卷 三

山水篇

家乡映山红

泣血杜鹃传世红，高高总在自然中。
春来一夜嫣然态，妆点宣城暖暖风。

1982 年 3 月 8 日

南乡子·青岛栈桥渺思

碧海无边，浪花飞溅似吟天。何处苍山云雾锁。无我！久伫廊桥参未果。

1995 年 5 月 14 日

卜算子·游醉翁亭

山水绕幽亭，游了谁都醉。竹影婆娑一首歌，唱响千秋意。
律动问流泉，翠积芬香里。无限清风咏满怀，还是欧翁记。

1995 年 7 月 26 日

姐妹踱步玄武湖公园

好风吹醒湖边柳，柳写新诗绿织绸。
最喜紫藤缠鸟语，花香不见也温柔。

1996 年 3 月 29 日

过白帝城不见

瞿塘峡口水云低，峰影波光总入迷。
白帝城头还未见，巨轮已笛鬼城西。

注：鬼城，即重庆市辖丰都。

2000 年 4 月 16 日

菩萨蛮·游庐山五老峰

东南五老峰前望，泛云渡险天涯旷。峭壁有岚生，叠泉飞碎琼。　谪仙游此处，留有芙蓉句。吾问碧苍苍，山山吟九江。

2000 年 4 月 20 日

三地游览有吟

兵马俑

恢宏无敌世无双，千古谁人能度量。
不觉昂扬生浩气，冥冥待命赴沙场。

张家界

张家界顶有神仙，翠涧清溪水系连。
石怪如葩依景绽，风奇若蕊尽滋蕃。

黄鹤楼

今古悠悠第一楼，题诗崔颢谪仙羞。
廊门阁塔依依上，三镇风流一望收。

2001 年 10 月 30 日

敬亭山南油菜花

郁野丰馨处处黄，春来次第换新装。
莺歌燕舞人如织，只为争先赏艳芳。

2003 年 3 月 21 日

云　恋

都道孤云独去闲，谁知缱绻敬亭巅。
一峰石上观沧海，独坐楼前望碧田。
朝映“杜鹃”昂首笑，夕曛“绿雪”养心眠。
更听溪鸟歌喉啭，紧系风情颂“谪仙”。

2004 年 3 月 3 日

水调歌头·咏黄山

峰壁结云气，景幻万千千。一山奇石林立，渐次绝尘烟。北海清凉绮丽，西海幽深陡峭，借步可成仙！峡谷钓桥处，听佛自参禅。　　松拥松，石倚石，唱流泉。扶栏远眺，风涛掀起九重岚。天字凌霄一线，人字腾空百丈，双瀑似龙悬！借问徐宏祖，五岳给谁看？

2004 年 5 月 24 日

长相思·玉龙山

玉龙山，玉龙山。独立苍茫亿万年，绝峰入亘天。　　玉龙山，玉龙山。粗犷雄浑掀巨澜，悲凉自制篇。

2007 年 6 月 8 日

梅溪公园

小园自古锁文华，故里祠前尽大家。
高阁文章翻几页，随溪一任点梅花。

2012 年 1 月 12 日

望江南·宣城十景赞

句溪塔影

宣城美，古塔肃仪宸。昂首凌波宫主傲，澄心润土庶民亲。萦梦谢诗魂。

澄江夜月

宣城美，江岸月如歌。楼宇香中传玉盏，稻花梦里织金梭。盛世景谐和。

北楼远眺

宣城美，极目敬亭游。十里青山披锦绣，千年雅韵领风流。侧耳橹声柔。

硖石吞舟

宣城美，水激石惊涛。守卡看关抛玉带，腾龙漠马织冰绡。舟过起心潮。

柏枧飞桥

宣城美，掩翠径迷蒙。溪涧幽幽烟谷锁，峰岩耸耸瀑桥通。水墨画图中。

敬亭烟雨

宣城美，翠雪掩春寒。云霭轻披双塔路，岚风曼拨一峰巅。湿处雨绵绵。

鳌峰赤壁

宣城美，隔岸宛溪花。赤壁经年收锐气，鳌峰累月放繁华。千古瑞当家。

南湖落雁

宣城美，水韵也神怡。雁落平湖催月满，芦吹旷野夕阳低。波镜照涟漪。

华阳积雷

宣城美，百仞雪峰驰。飞瀑流泉生玉骨，驰原蜡像走冰姿。美景自由诗。

麻姑晓日

宣城美，修道上峰巅。师法天然呈七彩，心源造化慧三观。晓日问姑仙。

2012 年 10 月 7 日

观摩宣州区美好乡村四示范点有感（四首）

小胡村

智慧中华城镇融，胡村美若画图中。
荷塘九曲人丁旺，石拱三桥枣木葱。
花戏楼前歌愿景，牌坊林里颂村通。
分明祥瑞敷天地，遍识和谐向大同。

大张村

今有张村风俗纯，蓝图细绘出清新。
千年银杏承朝露，百载青檀弄岫云。
欲越丫山寻古道，却逾岩涧见深津。
自然文化成佳景，点染乡村万里春。

榧里宗村

山清水秀大宗村，两百多家八百人。
老舍新楼鳞栉比，木栏石柱错综陈。
社区文体农家乐，生态园林黎庶真。
打造旅游新产业，三农兴业慰佳宾。

嵇村（新韵）

嵇村碑刻立村前，增广贤文尤可怜。
玉管茶桑荣旷野，琼台水榭美山川。
景观亭抱山花笑，龟背桥驮溪水涓。
陶令如临新胜境，不知可再赋桃源？

2013 年 5 月 18 日

寻林徽因故居未果

连天芳草护呵花，暖雨晴风宠柳斜。
波漾影桥观紫燕，当猜明月照谁家。

2017 年 3 月 13 日

敬亭唱晚

碧山合沓入昏黄，巢鸟翩翩落绮光。
幽景不知何处觅，净峰直指水阳江。

注：净峰，包括依电视发射塔而筑的净峰景观台。

2013 年 7 月 25 日

晨晓登敬亭山

欲晓踏查途，秋高气象殊。
溪濛青竹隐，林蔽黛峰孤。
寂寂空山景，泠泠涧水图。
居高城郭眺，蜃市嵌明珠。

2013 年 10 月 21 日

秋晚漫步敬亭山

向晚行吟寒露滋，萧萧落叶释秋迟。
低空倦鸟霄明月，斜嶂飞流溅小诗。
宏愿恢宏愁远寄，翠庵溢翠惹相思。
无为碌碌红尘度，堪忍烟霞负此时。

2013 年 10 月 28 日

秋晚再游敬亭山

日落昭亭生暮烟，茶林果树涌前川。
南观酒社霓虹烁，北盼棚居玉月圆。

2013 年 11 月 3 日

虞美人·四游敬亭山

回眸卅载诗山变，感慨千千万。闲云独去韵还生，缘为青莲痴醉也峥嵘。经年双塔添新色，纷至他方客。临巅一笑意相融，尽沐霞光飞处岫和风。

2013 年 11 月 5 日

沁园春·游敬亭山之五

气爽秋高，伫景观台，笑日畅风。看岫峰峰耸，祥云朵朵；碑林林立，岚气憧憧。流翠馨茶，清泉小滴，取道悬桥壑堑通。浮双塔，抱禅心问月，直上苍穹。　　诗山巧匠天工。又经历多番夏与冬。叹烟村老树，谢诗李韵；琼楼丽水，溢彩飞红。恰有骚坛，吟哦浪漫，一片生机墨绿中。将军橹，正扬文激字，再泛湖东。

2013 年 11 月 10 日

游敬亭山之六

苍松老绿出山林，寸草初黄护地身。
柿挂灯笼穿子夜，桂排香阵透清晨。
九层双塔通天语，千里孤帆识水呻。
师法自然皆偶得，馨香总爱有心人。

2013 年 11 月 13 日

太白独坐楼遐想

——游敬亭山之七

云开月影醉楼台，籁外清风撩壮怀。
笑傲人生诗百首，依然独坐仰雄才。

2013 年 11 月 15 日

凭吊怀英亭墓志碑

——游敬亭山之八

自古英雄无惧死，从来豪杰莫贪生？
平民战士平民敬，管是无名还有名！

2013 年 11 月 18 日

江城子·敬亭晚秋

——游敬亭山之九

一山萧瑟万般凉。露凝霜，雾霾方。隐隐层层，却是庙高堂。竹影婆娑持劲节，谈哲理，诉坚强。　　烟消云散复阳光。果归仓，实维康。两塔齐雍，天地海通江。盼得年年欢乐颂，她伴唱，你陪妆。

2013 年 12 月 15 日

卜算子·深秋

——游敬亭山之十

夕照敬亭辉，塔上盘旋鸟。已是黄昏万里秋，笑哄孙儿吵。　　有意苦吟诗，叵耐寒烟袅。若待孤芳自赏时，只剩没烦恼。

2013 年 12 月 16 日

江城子·初雪品绿雪思

——敬亭遐想

忽如一夜牧坡羊。水青裳，地银妆。户外梅花，凌朵晓寒窗。绿雪呢喃依白雪，冰里苦，热中香。　　生平哪得几辉煌。党旗张，国旗扬。海阔天空，大道更康庄。誓愿从商皆不忘，肩上担，手中枪。

2013 年 12 月 18 日

江城子·听游人播放《梁祝》感赋

——游敬亭山尾秋语

万山肃杀一苍凉。草衔黄，树含伤。杏李桃园，倩影总双双。最是人间初吻句，花上蝶，水中鸯。　　巧闻梁曲忽然狂。步铿锵，泪莹光。老梦重温，执手勿相忘。再问相如司马赋，天不老，地无荒！

2013 年 12 月 21 日

江城子·农家乐

五星乡镇一奇葩。景清嘉，物非夸。生态平衡，环水绿堤沙。穿境万桥通四海，承雨露，沐朝霞。　　莲花老酒醉归家。土芹芽，本鱼虾。万顷果蔬，麻鸭稻香车。岁晚休闲谈笑事，财德聚，话斟茶。

注：万桥，即桥的名字。

2014 年 1 月 14 日

人勤春早

雪融但见客家忙，梳柳剪梅风扮妆。
鸟韵入笺春正早，花香浮影日初长。

2014 年 2 月 9 日

浣溪沙·敬亭春早

飞雪邀梅拜早春，湖光点翠柳花新。查山风暖醉游人。　　万众期圆中国梦，扬鞭跃马大同奔。遥观胜景总超伦。

2014 年 2 月 15 日

望海潮·多彩宣城

查山青秀，江流婉转，风轻柳嫩莺娇。双塔一心，鳌峰独占，凌空屡架银桥。雕画入云霄。感层厦林立，霓彩辉交。故地新家，岂能心海不生潮！

斯城胜景难描。更“三环八射”，路阔楼高。园艺串街，笙歌荡巷，商繁店酷车豪。红色旅游烧。品茗文房翰，宣酒滔滔。李谢诗魂底蕴，新邑竞风骚。

2014 年 3 月 3 日

敬亭湖晚照

波光熠熠晚风轻，芳草萋萋曲径增。
夜色三分观景塔，湖心一路尽明灯。

2014 年 3 月 10 日

参观古南丰酒厂有感

“诚信如金”帜正堂，石雕华表矗门旁。
外圆内直三枚币，低汲高喷一窖浆。
木甑时时腾酾雾，陶缸阵阵溢醇香。
品牌老酒流诗韵，古镇南丰名远扬。

2014 年 3 月 24 日

诗山花絮

——游敬亭山拜见李文朝将军

清新小谢北南楼，见证沧桑令客愁。
别业昌黎兼济志，论衣居易恤民忧。
一泓雪乳新茶冽，两岸眠凫老树羞。
最是橹声元帅唱，悠然追梦把儒讴。

注：论衣，即白居易在《红线毯》结句“少寄人衣作地衣”。

2014 年 4 月 9 日

今日敬亭山

敬亭山下望，隐约远人之。
树树衔春色，峰峰接日曦。
绅男车黑马，仕女御红旗。
相见虽无识，知音笑语嘻。

2014 年 4 月 20 日

观湖晚钓

盘坐青年直立翁，环湖夕照钓朦胧。
我求浮子鱼竿起，剪影留存意气中。

2014 年 5 月 1 日

蝶恋花·贺广德县诗会成立十周年

杨柳依依争点翠。片片繁花，似雪呈祥瑞。紫燕双双莺对对，飞歌剪舞枝头会。　　无限风光谁品味？把酒轻酣，兀自心陶醉。愿我桃州青四季，诗词绣住春光媚。

2014 年 5 月 8 日

郎溪印象

建平古邑史悠长，誉满江南韵满堂。
石佛撑云经世暖，胥溪入画育民昌。
芽茶焙宝农家旺，纺锭织金工业煌。
打造品牌融画里，腾飞经济翅高翔。

2014 年 5 月 22 日

千秋岁引·郎溪礼赞

古镇郎溪，关情脉脉。秀色平川被恩泽。殚精竭思喜命笔，追风蹑景歌丰硕。意高韬，志深远，已非昨。　　开拓弄潮彰气魄，开发掘金群力策。智慧城乡益皆获。新区艳阳韵“十美”，春光妩媚明珠烁。领风骚，引宾客，倾杯乐。

2014 年 5 月 22 日

广德采风（三首）

走进安泰集团

百姓不愁餐酒荤，寻常待客有鸡豚。
陆翁若是魂归里，笑赞科研“航母”人。

注：“航母”指安泰集团以种猪繁育为龙头，以标准化养殖为核心，以屠宰加工配套为延伸，以“公司+专业合作组织+农户”为依托的新型产业化模式。

灵山大峡谷

不见香炉和紫烟，欣观瀑布挂前川。
身游竹海流霞隐，鸟语穿行幽谷间。

观险岛版主《山花图》有感

玉质芊芊峡谷埋，春风得力自然开。
不和群卉争嫣丽，独抱幽香滤雅怀。

2014 年 5 月 25 日

清平乐·践行

红旗招展，灿灿花儿脸。却看“金钱湖”潋滟，七彩缤纷画卷。歌声唱响和弦，娜姿曼舞蹁跹。相聚“留童”今日，飞天龙凤他年。

注：“金钱湖”，宣城金宝圩水产养殖协会，帮扶贫困留守儿童的发起、组织单位；“留童”，即农村留守儿童。

2014 年 6 月 1 日

【中吕·醉高歌】敬亭听雨

一川烟雨蒙蒙，四野临风悻悻。阑干亭榭识孤冷，栖鸟低空倦影。

2014 年 6 月 26 日

绩溪采风（五首）

高铁新站新区

巍巍高铁势浑雄，远近东西南北中。
锦上添花歌一曲，丝茶古道展新功。

仁里村

层峦叠翠点祥村，一坝桃花流水奔。
黛瓦粉墙门串巷，墨梅紫竹巷穿门。

龙川村

大道康庄桑梓地，烟霞列岫连天际。
徽风古韵汇川流，福泽绵长添壮丽。

古孔灵涅园

古孔灵坡好，采风得帧图。
亭堂楼阁庙，轩院井池湖。
临帖秉家训，潜心耕读愉。
金秋桂馥远，汪氏一家殊。

绩溪博物馆

老树新房几度葩，星移物转透光华。
“三雕”艺显徽风雅，“二子”名闻绩韵嘉。

学问从来励辛苦，经商自古戒豪奢。
会心不远开门见，傍水依山四海夸。

注：“二子”，即程、朱二子。他们的理学对徽文化有着深远的影响，备受儒商推崇。在博物馆置显赫之位。

2014 年 9 月 19 日

水调歌头·绩溪采风行

绩水逐金浪，徽岭沐朝阳。龙人故里行踪，文脉蕴流长。远眺方舟出海，近踱钦街百步，是处紫云祥。回望古民屋，不尽马头墙。　　赏“三雕”，尝“一品”，拜祠堂。俱兴百业，贤达商贾尽辉煌。且悟家规祖训，且感新城古道，高铁接京杭。小邑苍穹碧，大誉震华邦！

2014 年 9 月 22 日

敬亭晨眺

一峰临顶眺，春湿尽沾城。
云树晓风动，浩烟灯火明。

2015 年 3 月 3 日

水调歌头·游丫山（新韵）

疑是张家界，名则曰丫山。争知今日南国，惊现大奇观。一镜蓝光远照，一粲嫣香袭面，飞瀑奏清弦。滑索览八极，瑞气接云天。　　穿石林，探溶洞，赏牡丹。幽篁瑟瑟，峦翠缥缈醉游仙。可感天工神斧，可赞人文开物，毓秀聚灵焉。身置斯佳境，何复武陵源?!

2015 年 4 月 22 日

溪口采风（二首）

峭绝紫薇

溪口清流天赐珍，紫薇峭绝百年身。
青山环绕群伦秩，日照新花又一春。

赏茶竹石

青岭怀茶修正气，白云抱石富恒姿。
可怜幽竹听溪水，笑咏丰年快乐诗。

2015 年 4 月 22 日

周王诗词之乡行

诗花映日靓周王，梅骨兰风筑圃昌。
韵馥方圆三百里，骚人兴发尽歌吭。

2015 年 5 月 22 日

敬亭烟雨

霏霏细雨湿留痕，山色朦胧几断魂。
烟下偏寻真意境，探微乃识大乾坤！

2015 年 6 月 20 日

澄江夜月

清溪携彩汇澄光，夜月如歌韵味长。
两水溶溶百波画，一山迭迭万峰妆。
蓝星点点钟灵色，紫气缥缥毓蕙芳。
晨启岸边谁弄影？回春危塔引高昂！

2015 年 6 月 20 日

敬亭秋韵

沥沥敲檐雨，徐徐穿榭风。
枫燃山色里，雁掠水声中。
古寺淹云岫，新楼立崿空。
宛陵开画境，念动韵无穷！

2015 年 10 月 1 日

敬亭绿雪茶园（二首）

一

风吹碧海荡心潮，幽谷翠峰凭鸟嘹。
暖日熏熏添瑞气，温情袅袅茗香飘。

二（新韵）

明清年贡百三斤，今日依然盛誉闻。
立命篁丛歌满月，安身松岭画流云。
千年雅致成诗品，百顷经营立论文。
独厚得天风景丽，绵绵福泽永垂勋。

2015 年 11 月 9 日

夜览太白景观楼

千秋独坐酒迷醒，一夜春风昭启明。
炫耀诗心章句动，清辉雅韵荡幽情。

2016 年 3 月 8 日

敬亭山览胜

心潮腾涌上峰巅，小憩翠庵窥虎泉。
绿雪香侵亭下井，清钟声唤寺中禅。
百禽朝圣情形闹，一旭凌空景象鲜。
昂首挺胸平野阔，长天衔塔气吞川！

2016 年 3 月 17 日

沁园春·宛溪河放歌

宛水汤汤，曼舞诗花，淌向大江。启清凉山脉[1]，浅波碧浪；沨融青水[2]，玉液琼浆。岫岭风情，上江文化，民俗纯和溢远方。爰陵润，映古城十景，雅韵云章。　　曾经千载沧桑。恰盛世，当歌梓里乡。看新区湿地，芙蕖鸟语；鳌峰龙首，檞木花香。商贾兴隆，殖耕富庶，科技腾飞向小康。心怡处，正顺天应物，流彩煌煌！

注：［1］清凉峰位绩溪，为皖南最高峰。［2］青水，即青水湖。

2016 年 3 月 17 日

宣酒集团采风诗词（三首）

溯源

纪翁陈酿酒，胜似小茅台。
月满秋仓实，花香春瓮开。
悠悠传秘籍，笃笃酿佳醅。
问与谁觞酌？清光李白杯！

“工匠精神”赞

宣酒集团名远扬，守谦师法业隆昌。
采风更解今真谛，“工匠精神”筑脊梁！

注：“工匠精神”，即“三专”专注、专心、专业；“三化”精细化、标准化、极致化；“四字诀”精、准、细、严。

浪淘沙·新区观感

南域景无穷，竹石泉松。鸾声曲韵透醅融。凛冽醇香情万古，开物天工。环野更葱茏，八面春风。千年追梦品牌中。荟萃贤英行酒令，笑傲华东！

2016 年 4 月 1 日

水东莲花峰天池

群峦叠翠入云蓝，箬竹含情拥碧潭。
林立九峰莲朵朵，虔心隐映水澹澹。

2016 年 8 月 3 日

游水东龙泉洞

消暑随朋寻壁泉，兴来窥探洞中天。
虽然踱步龙宫境，但爱人间不慕仙。

2016 年 8 月 3 日

风入松·斑斓宗村

行车还未靠宗村，已见友挥巾。新楼古阁凝眸秀，忘疲顿，旌动思纷。造访前朝风物，感怀今世人文。千年银杏映昏晨，雨润透清芬。炊烟袅袅云岚伴，绕平畴，致意河滨。但看株株红豆，又牵摩诘诗魂。

2016 年 8 月 6 日

虞美人·咏开封西湖风景湾

烟湖信是汴梁美，如入蓬莱里。平生能得几回来？且把心胸高放乐开怀。玉栏环浦华灯亮，小曲轻轻唱。枫华桥下绿波平，但见满盈灵秀月光明。

2016 年 8 月 21 日

文昌采风诗词（三首）

偶　感

幸得弋江临，清澄明素心。
相思如细雨，秋被雁偷噙。

有感文昌镇荣膺“省诗教先进单位”

昨夜轻风起，今晨细雨飘。
老街悠古韵，弋水弄新潮。
庙宇钟声远，骚人心迹描。
诗花经洗礼，怒放更妖娆。

行香子·弋江情缘

青弋江漫，梦里常牵。毓钟灵，佳话流传。采风逸兴，追溯渊源。感一时风，一时雨，一时寒。　　牧之划桨，情满诗笺。又嘉祥，思想当先。全球放眼，一臂撑肩。这太多人，太多事，太多缘。

注：嘉祥，即王稼祥。原名王嘉祥。因嘉为平声，故用之。

2016年10月14日

京口北固亭感怀

京口三山看北固，青峰直插大江中。
云波浩渺情怀壮，接引诗心逐远鸿。

2017年1月30日

甘露寺多景楼

敬香甘露寺，观景但登楼。
山霭淹琼宇，天光笼碧流。
帆樯撑夙愿，钟鼓遣清愁。
胜境如常览，清凉气自留。

2017年2月1日

洪林三地观感

红旗水库有赞

波光潋滟堆苍翠，丹帜凌空彰世瑞。
铁索石栏壮景观，千秋功业儿孙惠。

小村印象

小村黄姓谓家湾，古韵悠悠协后班。
纯朴宅楹飞妙语，夕霞掩映顿生怜！

东华山有思

槐花初放晓春天，随友一行上翠巅。
篁竹深深藏古寺，石泉汩汩坐清禅。
香烟一脉添灵性，物我两忘生洁虔。
参破红尘些许事，无求无欲度余年。

2017 年 4 月 22 日

晚约月亮湾

落日枕平湾，余晖漫野环。
风清神气爽，云淡性情闲。
移步吟乡曲，披襟望月弯。
今朝谁与共？执手话文殷！

2017 年 5 月 18 日

泾县采风（三首）

致赠济留守儿童的王直老人

八十仁翁令我钦，践行国学蕴涵深。
卅年大爱融真义，感动成千稚子心。

孤峰油布伞厂观感

远看层峰青间黄，近闻荷伞泛清香。
匠心笃志真风骨，撑起“非遗”名远扬。

注：“非遗”，即非物质文化遗产。

醉太平·田坊印象

晴云醉霞，修篁碧纱。峰峦环抱人家。堰塘生藕花。　　长长竹笆，圆圆碾槎。悬桥穹显豪奢。最天然氧吧！

2017 年 6 月 18 日

水调歌头·题诗友泾县章渡荷花园传图

六月晴光好，弄影白云边。玉荷袅袅婷婷，心有藕丝牵。出水温柔尤滴，临岸香魂脾沁，旖旎可怜间。款款宝台上，世外也神仙。　　美标致，凌波态，入诗笺。依依幻境，绎尽君节女儿贤。沐浴经风雅洁，玉骨冰肌高尚，落落大方妍。月朗随波动，蒂并那双莲！

2017 年 7 月 23 日

昆山湖采风（四首）

游昆山湖

未染层林秋色愁，山青水碧白云羞。
湖心荡漾游人乐，疑在蓝天驾小舟。

昆山怀古

方腊安营扎寨间，伯温漫步不余闲。
英雄领略霞光处，自有黄金铺满山。

相见欢·初见昆山湖

秋高气爽群山，美湖涟。芳草琼花碧树白云边。榭桥过，波心坐，几回看。可是红楼遗梦大观园？

望海潮·昆山湖

宣州门户，狸桥乡镇，昆山地理天湖。峰直路斜，岩弧石曲，谁人领略崎岖？方腊点兵呼！伯温探风水，千古唏嘘！果野根獠，夏凉冬暖问麻姑！

如今阔道层铺。那云中老乐，水上新娱。光讯手机，风能叶扇，翩翩并网传输。洲岛嵌明珠。错落楼台馆，宜旅宜居。最是烟霞布景，生态美人酥！

2017 年 9 月 12 日

周王采风（三首）

赞古宣纸厂遗址守护人丁建国

追踪觅迹醉如痴，坚守未曾丁点移。
待得胡家名正日，文明自觉世人知！

海心生态园赏桂

路转山回景物琳，飘香丹桂沁脾心。
碧枝翠叶沾天露，润泽繁英满地金！

临江仙·胡家涝古宣纸厂遗址寻探

曲曲青溪环野碧，盘岩深掩沧桑。一泓清水泛秋光。幽幽流远韵，寂寂续知章。　　芜草丛横沿古道，些些错落民房。切辞文史裱东墙。谁言偏僻地？檀纸几辉煌！

2017 年 9 月 29 日

绩溪尚村采风（四首）

临江仙·千年古村叹流年

秀隐苍山何处，旋阶绕翠开篇。轻车直达尚村前。清风抟岫色，黛瓦袅炊烟。　　瀑石击流飞渡，竹篱投影清涟。钩沉岁月复年年。晒秋千古事，撷韵去来间。

竹楼小憩

金竹欣然撑玉楼，诗朋吟和韵声稠。
圆圆瓜饼团团坐，曲水流觞创一流。

咏郭因巷

巍巍玄岭画中游，曲曲烟浔鉴古幽。
天赋和谐标致地，人文小巷出名流。

采桑子·尚村印象

仙云几弄青山老，时菊金黄。藕榭凝霜。古镇寻幽入画廊。　　人文星斗民为本，祖训祠章。黛瓦山墙。尚德人家秋晒忙。

2017 年 10 月 22 日

宛陵湖初冬

暮眺冬湖独自悠，空蒙山色影潜流。
阑珊灯火通幽处，水与云平一并收。

2017 年 11 月 25 日

梅溪赏雪

风寒林塑展冰枝，喜鹊喳喳跃琼枝。
却道双羊溪畔白，一行脚印一行诗。

2018 年 1 月 27 日

齐　云　山

不亲临此境，怎识与云齐。
展臂凭风阔，回头索道移。
湖光升静水，日影起涟漪。
“八卦”图微信，惊呼一路痴！

注：指微信里发的航拍的植物“八卦阵”造型美片。

2018 年 3 月 31 日

一丛花令・呈村晨景

素描一帧染春风，着墨画图中。拾阶漫步谁人醉？馨馨处，万紫千红。薹蕊流金，麦苗滴翠，鱼态蕴年丰。　　朝霞冉冉漫苍穹，气韵盖长虹。横溪漱石穿桥过，村前景，离岸西东。两两三三，男男女女，其乐也融融！

注：薹，薹菜，即油菜。鱼态，鱼的情态。这里把农作物修整成鱼的造型，以昭示该村渔业的兴旺发达。

2018 年 3 月 31 日

临江仙·第八届中国杏花村清明诗会感赋

千顷沧池涵野碧，轻舟踏雪堪惊。群峰沐浴接清明。花红歌水土，伞艳靓廊亭。　　着意东风化喜雨，葡萄美酒谁倾？一年一度约群英。畅游千古地，击节和新声。

2018 年 4 月 5 日

当涂大青山采风（二首）

水调歌头·谒诗仙

拜谒谪仙墓，领略大青山。依阶循径游览，朗朗艳阳天。诗恰初开花蕊，词似陈年老酒，一路采风欢。极目翠微眺，只叹隔凡仙。　　问青莲、缘底事、去无还？李花怒放，凭白[1]吾辈仰先贤！天际孤云来去，人际尘心反复，千古一毫间。笔杰[2]立雕像，可否展眉颜?!

注：[1] 白，李白的名字。相传缘于他续母亲诗的最后一句“李花怒放一树白”。而“白”字正道出了李花的圣洁高雅。[2] 笔杰，既是赞义士毛传贤，也契合了李白。

浣溪沙·采石矶一景

兴致驱车采石矶，远江漱壁吊楼移。石栏铁索错参差。柳帘风舞飘成画，云波水起熠为诗。三元洞里破阉题。

2018 年 4 月 7 日

车至无锡见古运河有吟

濯濯梁溪满目龙，隋皇遗迹哪寻踪。

跨桥岸柳吟诗淡，犁浪水船作画浓。
北榭悠悠闻韵笛，南禅静静看声钟。
溯回河上千秋事，论是评非横合纵！

2018 年 6 月 7 日

古镇一游颂周公

我伴秋风胡乐来，云云参谒裕赟才。
《六声韵学》传天下，记取功名二品哉。

注：胡乐，即宁国市胡乐镇。

2018 年 9 月 21 日

太湖采风（二首）

一、颂赵朴初先生

品生状元府，相出翰林庐。
民进慈悲度，忠魂爱国书。
身前身后处，世外世中居。
明月禅心故，清风赵朴初。

二、风入松·拜谒赵朴初陵园

朴初故里觅神踪，安庆太湖中。禅声几杵慈悲渡，秋波起、目送归鸿。纳善人生真谛，抒情佛性圆融。　　青山玉骨自天工，古邑翰林风。心香一柱霞光里，思家国，佛子魂忠。竖望无边无际，横看无始无终！

2018 年 10 月 29 日

卷 四

唱和篇

父爱如山（新韵）

依韵和笨鸟斋主《女儿诞辰三十晋八有寄》并以此与天下女儿共勉。

人母人妻大众前，辛勤稼穑自留田。
深知父爱如山重，立命安身尽孝廉。

2013 年 9 月 6 日

附笨鸟斋主版主原玉：

不惑之年近眼前，持家教子责如山。
一心高唱和谐曲，不懈勤耕幸福田。

致　　秋

依韵酬和海沙沙诗友《秋伤》

金秋十月正丰收，北亩南园吾共鸥。
一世奔忙争节气，冬春交替雁回头。

2013 年 10 月 2 日

附海沙沙诗友原玉：

浑然九月不知秋，辜负篱边菊正稠。
梁燕空巢弃我去，南归飞雁不回头。

酬王朝安、余立华二老赠《诗书画集》二首

酬王朝安老

流逝时光未恨迟，达观处事寸心知。
青春执教兴方尽，白发敲诗乐不支。

朝泼彩颜描锦绣，暮挥管笔舞龙蛇。
有生八十征程续，沐浴阳光竞技之。

酬余立华老

七十行年一卷诗，付刊莫道晚来迟。
豪情但入诗情淌，惬意堪随画意驰。
篆隶草真书正体，秋冬春夏写零辞。
余晖无限霞光满，正是枫林红叶时。

2013 年 10 月 9 日

步韵奉和吴浪风老师

打枣秋分白露滋，小寒翻地竟无迟。
苍松抱雪师吟咏，翠竹接风吾和诗。
天上白云漂泊意，杯中绿雪浸遐思。
红尘滚滚休虚度，浪漫人生有几时！

2013 年 11 月 14 日

附吴浪风老师原玉：

吟秋犹喜韵荣滋，岂恐寒霜降未迟。
入画丹枫能醉客，临风翠竹似敲诗。
皇姑足下牵心曲，览胜亭中系梦思。
雅爱余霞红烂漫，依然昂首啸明时。

步韵奉和江湖客先生《无题》诗

先生文笔博精深，指点迷津好热忱。
慧语聪言滋复润，诗词歌赋佩还钦。

2013 年 11 月 19 日

附江湖客先生原玉：

一路走来感触深，良师诤友坦心忱。
清风明月常相伴，韵集霞飞举世钦。

诗坛新气象

连日来，一些诗友非常给力。对余《信念》一绝，先后跟帖鼓励。尤其是梦幻先生，不辞辛劳，将贴诗重新编辑成《赞幼稚佬》一、二。为酬谢诗友厚爱，特以诗友网名赋诗一首，献给大家。表达谢意！

诗山瞻望远，网络趣津津。幼稚临屏数，钟兹灵气宸。
水乡思唳鹤，左岸浪风蘋。感奋江湖渡，从容守庙巡。
偏南风漫卷，北极动星辰。悦目随心赏，踏歌寻梦臻。
海沙哦绝赋，流水[1]唱经纶。闻道通青竹[2]，看山隐白氤。
红星常闪闪，新绿总恂恂。笨鸟先飞跃。三旋[3]梦幻真。

注：[1] 流水，即星河流水先生。[2] 青竹的“竹”，指山之竹先生。[3] 三旋的“三”，指三巧先生。

2013 年 12 月 8 日

题《鸠兹千咏》

吴山楚水孕芜湖，浪底怀珍尽蕴珠。
风韵翩翩偏醉客，著成雅集古今殊。

2013 年 12 月 8 日

次韵奉和江湖客/杜玉林先生《岁杪有寄》

赞口常开惠贤吐，杜鹃烂漫春光布。
玉温润泽透江湖，林秀山川枝秀树。

附江湖客先生原玉：

谢语凝胸口难吐，张弦运调清音布。
阳光叠照暖江湖，旭满上林花满树。

依韵学江湖客先生顶针格

才识超群虚谷怀，怀仁含义举吟台。
台前幕后人皆敬，敬慕诗翁大雅才。

2014 年 1 月 18 日

附江湖客先生原玉：

才耀宛陵一玉钗，钗光闪烁靓吟台。
台风熠熠方家敬，敬重诗姑八斗才。

依韵和徐志平学友《告别》

蒙蒙窗外雨，解意遣云愁。
挥手还相望，和诗传虎丘。

2014 年 2 月 17 日

附徐志平学友原玉：

一夜寒窗雨，凄凄似泪流。
天明云不散，送我去苏州。

依韵酬谢梦幻诗友《吟美姝》（三首）

一

幼稚心姝人朴实，搜风刮雨作填痴。
坛开晨酿吟深巷，晓梦犹香系梦诗。

附梦幻诗友原玉：

天造美姝名幼稚，呼风唤雨便成诗。
开坛深巷吟晨酿，酒鬼闻香夜梦痴。

二

人家美女丽清姿，挥墨吟诗书画棋。
幼稚秋蚕拼剩勇，滥竽充数忝秋丝。

附梦幻诗友原玉：

天下美姝多丽姿，琴棋书画或吟诗。
写词更叹天才女，幼稚横空独竖枝。

三

晚唐商隐美人词，夜雨巴山水满池。
锦瑟和鸣弦五十，诗心如茧漫抽丝。

附梦幻诗友原玉：

南宋美姝清照词，海棠依旧梦差池。
春蚕吐露初生茧，赢得杆杆铁粉丝。

2014 年 3 月 19 日

步韵酬谢江湖客先生《贺题幼稚佬荣任版主》

朗朗江湖客，潺潺诗不群。
举杯邀日月，滴酒掷声音。

2014 年 3 月 19 日

附江湖客先生原玉：

赞叹幼稚佬，高哦姿不群。
临坛挥大纛，助我步唐音。

步韵奉和李文朝将军《追梦敬亭山》

一壶老酒敬亭山，洗净铅华游子还。
喜沐春风迎日出，情衔远韵誉人间。

2014 年 3 月 29 日

附李文朝将军原玉：

谪仙独坐敬亭山，千载追踪一梦还。
众鸟孤云何处觅，身融溪水翠峰间。

步韵奉和陆世全会长《水调歌头·呈“三月三”敬亭诗会》

今古话穿越，叠嶂语青峰。景观台上抒怀，沐日又临风。且感环藤绕树，且顺溪流漱石，飞鸟唱筠松。三月喜相会，紫气聚城东。　　品新茶，拜古塔，绽欣容。吟诗作赋，平仄依律韵相同。可执玄晖斋笔，可饮青莲纪酒，豪气贯长虹。山水诗乡里，处处颂宣公。

2014 年 3 月 29 日

附陆世全会长原玉：

云物江南美，胜会敬亭峰。诗仙可仰，好沐不息浩然风。且坐高亭拥翠，且饮名茶绿雪，抚竹又扶松。青山看北郭，白水赏城东。　　凭根石，衣古色，绘新容。金兰交契，更加珍惜梦魂同。俱念复兴铁笛，俱为回归雅曲，尧日逐生虹。更爱说年少，低首谢宣公。

步韵酬谢徐德明老师《题赠吟友张阳旭女史》

看师题赠一身惊，如沐古风五内声。
跌宕岂非明大义，缠绵总是受痴情。
青春做伴青春梦，理想相随理想名。
皓首穷经文满腹，红林蜂蜜好归程。

2014 年 7 月 9 日

附徐德明老师原玉：

不鸣则已一鸣惊，韵语清和发正声。
健笔常抒巾帼志，简觚尽刻梓桑情。
网坛朗咏留美誉，瑶圃精耕隐芳名。
身许诗山寻异境，长将天籁送遐程。

依韵和小荷望风版主

会断去来仙道僧，通情达理德明澄。
识多能益小愚减，学富当宜大智增。
听古痴男吹满月，看今怨妇读残灯。
斋前谁不向高塔，品在人心上上层!

2015 年 5 月 28 日

附小荷望风版主原玉：

五台山下问高僧，榭觉斋前水净澄。
枫叶当从霜后减，梅花自向雪中增。
饥寒美女颜如草，饱暖江山色似绳。
借问人间分几级，无知无畏一层层！

步和小荷望风版主《忝和幼稚佬》

欲思得道已非僧，不即不离平淡澄。
世相虽由丝作茧，心灵自有指明灯。
沉浮岁月歌当酒，动静人生律是绳。
对月荡胸平野阔，松兰梅竹点高层！

2015 年 5 月 29 日

附小荷望风版主原玉：

山中谁见驾云僧，市井霾添雾不澄。
世相无非吐丝茧，灵台有是罩纱灯。
四方上下太阳系，千古去来月亮绳。
且听稻花香两岸，平流大气对流层！

步韵敬和马凯副总理《写在中华诗词学会第四次代表大会召开之际》

老妪行吟莫笑迟，春风细雨润虬枝。
文姬文雅千声咏，清照清新万句驰。
巾帼皆言巾帼志，汗青尽透汗青诗。
但期盛会音齐奏，阵马风樯正此时！

2015 年 8 月 15 日

附马凯总理原玉：

大地春回盼未迟，唐松宋柏又新枝。
随心日月弦中起，信手风云笔下驰。
骚客曾忧无续曲，吟坛应幸有雄诗。
山花烂漫人开眼，更待惊天泣雨时。

奉和吴浪风老师《重访徐德明、邱忠尚、萧礼堂、张阳旭、张邦发、罗志勇诸诗家欢聚宣州诗词学会赋》（二首）

一

丹心共鉴醉诗心，畅快倾杯续咏吟。
拙作劳师勤指点，大恩无谢愧青襟。

二

续火传薪几热忱，绘声切韵聚豪吟。
说平道仄诚相见，赢得八方诗友钦。

2015 年 8 月 30 日

步韵云阁小舍版主《朝中措·雨夜》

清词雨浥律移商，吟泣不成行。谁解个中滋味？浓云深锁疏窗。铅华薄浅，韶光弹指，萍水游墙。往事无端惊梦，思来已是心凉。

2015 年 10 月 5 日

附云阁小舍版主原玉：

梧桐夜雨落清商，灯暗瘦诗行。翻捡相思两字，那时明月当窗。红尘漫卷，梦中花落，吹过篱墙。剩有纷纷心语，欲言却道秋凉。

步韵偏南风版主《微信唱和组诗之二》

穷尽一生情透支，裁云剪水总疑迟。
纵存些许风骚趣，也欠心思和玉诗。

2015 年 10 月 10 日

步韵李文朝将军《来太湖考察诗乡有感》

宛陵波漾满湖珠，熠熠银光赛太湖。
水逐新潮扬雅韵，弦鸣古籁荡蓝图。
将军寄趣黄梅咏，才女忘情美景呼。
国检融融多互动，诗乡圆梦醉千壶。

2015 年 10 月 23 日

附李文朝将军原玉：

皖南诗教耀明珠，寻宝取经来太湖。
朴老遗风扬雅韵，稚童新梦绘宏图。
诗台建起连天咏，网站开通动地呼。
硕果深情迎远客，冰心一片在琼壶。

步韵李文朝将军《宣城抒怀》

谪仙剑气行天地，便有兰台眷锦乡。
两水盈盈舒袖带，一壶酌酌醉心房。
情牵翰墨昭亭秀，梦绕诗书宛水长。
今拜将军风雅赋，传承国粹更担当。

2015 年 10 月 23 日

附李文朝将军原玉：

宛陵千载钟灵地，大邑通都鱼米乡。
峰映三湖连画境，人传四宝耀文房。
诗山雅韵乾坤广，云岭雄魄日月长。
壮美园林添锦绣，争先跨越勇担当。

步李文朝将军《桃花潭怀古》

将军泼墨酒旗风，殷切情怀蕴藉中。
胜地诗吟承一脉，宾鸿留韵自留踪。

2015 年 10 月 23 日

附李文朝将军原玉：

万家酒店一旗风，十里桃花谈笑中。
千尺深情千载唱，潭波云影觅仙踪。

步韵李文朝将军《桃花潭吟今》

李汪桃渡几情深，陶醉古今多少人。
千尺花潭千载梦，万般诗咏万家真。

2015 年 10 月 23 日

附李文朝将军原玉：

青江一段水幽深，名曰桃花潭醉人。
古渡踏歌千载过，万家美梦已成真。

次韵答谢肖礼堂会长《醉花阴》

捧读赠词声已瘦，温暖盈衫袖。病里念宣州，多少寻常，更显诗文秀。人生但识平安镂，信谊无先后。鹤老《醉花阴》，字字真心，感受关怀骤。

2016 年 2 月 26 日

附肖礼堂会长原玉：

身染病魔心体瘦，苦泪缠衣袖。回忆想当初，康健无愁，脸润红清秀。微恙女侠金丝镂，从不甘人后。又撰丽清词，句句情真，激起风云骤。

步韵答谢诗吟天下先生诗二首

一

一首真诚律，姗姗体验时。
文看知浪漫，意会识涟漪。
感谢先生作，平添后人词。
高怀才有道，卷起万千诗。

二

心中有韵化诗吟，天下悠悠问古今。
有爱人生知爱广，无情岁月懂情深。
遣词如落九天曲，经律似扬千载音。
自是温馨流笔下，怡然点石也成金。

2016 年 2 月 26 日

附诗吟天下先生原玉：

一

一阕声声慢，新年别旧时。

寓情藏肺腑，顾影泛涟漪。
欣读先生作，可超天下词。
真心平仄韵，信手尽佳诗。

二

馨香一瓣盛时吟，韵脉悠悠旷古今。
国计民生传梦远，春花秋月动情深。
大词展势扬天翅，小令飞坛落地音。
万马千军椽笔过，旗开得胜再鸣金。

步韵敬亭山风诗友《念友》

钟爱诗书学大家，金风桂折一枝华。
澄怀恬淡明如镜，亮格鏦铮德似花。
皓月无声光滴韵，仁人有志气吞霞。
沧桑阅尽朝前望，啸咏丹枫胜品茶。

2016 年 4 月 1 日

附敬亭山风诗友原玉：

乡间走出善持家，钟爱诗书气自华。
亲眷争夸遮雨伞，近邻喜赞报春花。
无惊夜雾阴明月，坚信阳光炫彩霞。
乐奏高山流水曲，温馨一盏不凉茶。

拙和哈余庆会长《题赠杨柳镇》

谐风玄韵入杨林，陶冶情操胜似金。
古镇逢春诗意盎，柳临大雅遂成阴。

2016 年 4 月 25 日

步韵文清先生《蝶恋花·宣州水东镇老街印象》

黛瓦青砖依次座，漫透沧桑，访客情如火。小巷深深春暗锁，苔痕旧影溪之左。十八石阶轻踏过，潭水清澄，羞煞红尘我。得失荣枯虽看破，安身立命真行么?

2016 年 4 月 25 日

附文清先生原玉：

明瓦青砖连百座，檐角流云，昏晓生烟火。苔砌光阴春暗锁，有风吹过街之左。小巷深深轻走过，减尽繁华，认取前生我。活在镜中才看破，回身即是归来么?

步韵小荷望风版主《蝶恋花·自问》

春去依稀寻夏暑。独向青荷，湿地馨香吐！蝴蝶蜻蜓相与舞，已非寂寞开无主。陌纵阡横关隘路。风景悠悠，总让人猜度。若问莲香飘落处？门头蓄艾随端午！

2016 年 6 月 9 日

答谢安版管理团队诗一组

秋山闲草常管

秋水长天星宿张，山前总忆桂花香。
闲庭信步韵如酒，草地吟坛作道场。

附秋山闲草常管原玉：

明月清风各主张，夜来潜入稻花香。
敬亭一注鹅儿水，便叫诗坛醉一场。

西涧舟横版主

西河一棹橹开张，涧底松鸣贺韵香！
舟斩波涛诗万里，横空日照演兵场。

附西涧舟横版主原玉：

吟坛今夜彩灯张，栀子潜来添雅香。
太白楼前风一缕，八方诗友快登场。

吴国光版主

敬谢诗师秉烛明，吴宗才气德隆生。
国兴家旺江淮颂，光耀文华韵自呈。

附吴国光版主原玉：

祝延嘉庆慧心明，贺瑞怀良气韵生。
张瑟浑成清丽曲，潜锋养性乐纷呈。

敬亭山风版主

敬慕高才纲目张，亭中沽酒透醇香。
山巅一啸传天际，风凛寒梅绽雪场。

附敬亭山风版主原玉：

澄江潋滟一帆张，潜志远航栀子香。
披挂高斋明媚月，从容八皖赛歌场。

潘志能诗友

致意青春笺一张，潘君诗语寄馨香。
志宏图远从来事，能出文章入武场。

附潘志能诗友原玉：

青春智慧且扬张，潜泳诗洋百韵香。
祝愿皖坛多气象，敬亭儿女笑登场。

兰舟夜雨老师

兰亭欣会乐开张，舟戏新鹅泛酒香。
夜静蟾宫听絮语，雨斜燕子入诗场。

附兰舟夜雨老师原玉：

霜高总是月儿张，儒聚阳江墨潜香。
露润敬亭花请雁，山风抚瑟唱诗场。

云窗倦客常管

一

云舒云卷自伸张，窗下谁吟栀子香。
倦去一杯浓胜酒，客来不觉醉三场。

二

云淡天高笺一张，窗含倩影正诗香。
倦人不悔成三友，客我崇兄学一场。

附云窗倦客常管原玉：

一

我与诗人都姓张，潜心典籍爱书香。
相逢缘结在安版，且为知音醉一场。

二

安版新添这一张，潜将芳意带来香。

同宗我以君为镜，诗笔吾兄久擅场。

梧月清影/阚新兰首版

梧巢引凤瑞枝张，月照江淮岸蕴香。
清发千年诗小谢，影和八皖胜磁场。

附梧月清影/阚新兰首版原玉：

一蓑烟雨敬亭张，潜润山川百卉香。
风畔弦音添雅韵，诗情骏逸演兵场。

汪兴吾版主

敬入诗坛常紧张，汪洋韵海总闻香。
兴阑浅识风骚地，吾醉泓文雨露场。

2016 年 6 月 21 日

附汪兴吾版主原玉：

皖坛雀喜报鹏张，潜籁生风笔底香。
最羡敬亭山水客，扶篱仗剑早登场。

2016 年 6 月 21 日

满庭芳·读肖礼堂老《水乡鹤鸣》诗稿清样感赋

宛水波清，查山风暖，古韵还续华章。燕衔蜂采，张翅鹤飞翔！且看豪情万丈，逸韵致，雅律鸣锵。眇生里，何当以醉，无冕顶辉煌。思量。肖老识，江南杏苑[1]，同赴黉庠[2]。感风骨铮铮，德范贤良。啸咏平民本色，便闻这，翰墨飘香。今欣赞，吾之师表，填首满庭芳。

注：［1］江南杏苑，即敬亭山诗词学会。［2］黉庠，即宣城市老年大学。

2016 年 6 月 23 日

步韵答谢兰舟夜雨/李正国《寄张潜君》

题寄真诚似玉英，姗姗体验意盈盈。
高评由是励心志，雅赞缘为助笔耕。
感谢先生多策勉，平添后学几扬清。
兰舟飞棹湖光里，夜雨轻吟韵满城。

2016 年 6 月 30 日

附兰舟夜雨/李正国原玉：

相逢古郭见君英，童发鸿姿露笑盈。
江水秋高调墨醉，敬亭春涨展笺耕。
舞裙月晓身何老，掘韵文添气更清。
张翅迎风雏雁领，潜香菡萏绕宣城。

步程家林老师《游夏霖不得有感》韵

周遭观个遍，最念是春霖。
不被缤纷困，当为纯粹临。
帆来波弄影，燕去柳垂岑。
多少红尘事，但求无愧心。

2016 年 7 月 3 日

附程家林老师原玉：

石榴花红遍，同仁赏夏霖。
身形已被困，胜景不能临。
中酒迷村影，凝神幻远岑。
但抛八九事，一二绕方心。

读肖礼堂会长《水乡鹤鸣》集感赋（鹤顶格）

水中振翅一鸣惊，乡井昭亭著盛名。
礼乐传承贤论道，堂弦补阙艺凝英。
诗扬正气珠玑闪，词秀冰心意韵盈。
欣览青缃笺欲襞，赏知笃志励吾耕。

2016 年 7 月 16 日

步和风晚徐来常管/黄贻裳《鹧鸪天·江南初秋》韵

秋意江南八月天，晴空万里水乡间。香菱红角千千结，玉藕青丝两两园。波曲漾，浪花漫；澄江如练绕诗山。轻舟斜泛老春酒，笑指横行肥蟹欢。

2016 年 8 月 20 日

附风晚徐来常管/黄贻裳原玉：

秋到江南八月天，梧桐叶落水云间。葡萄紫挂三千串，苹果红羞五十园。琴弦响，舞姿漫；莺飞观舞到龙山。秧田晚稻青苗壮，直待丰收乐尽欢。

步和秋山闲草常管/宋伟《鹧鸪天·唱秋》

西下斜阳回子眸，霞光万道上高楼。风摇树影过江渚，冷落鸿声赶大秋。心淡定，浪推舟。知青铁臂那年头！人生自古谁无老？洒脱汀州那委愁！

2016 年 8 月 24 日

附秋山闲草常管/宋伟原玉：

落日清江一点眸，烟岚几缕捆重楼。且容霜叶枝头老，莫怪青丝鬓上秋。凭逸兴，驾兰舟。心花开向老龙头。从来未写伤春怨，谁惹西风遍地愁？

和朱恩三会长《古稀乐》韵（新韵）

不计功名但计年，东篱醉酒乐开言。
几朝从教生员满，一任为官黎庶欢。
笔舞龙蛇书浪漫，胸怀云鹤咏江山。
廉颇飧祚非言老，更把心思赋韵笺！

2016年9月25日

附朱恩三会长原玉：

白驹过隙古稀年，书里心交圣者言。
笔下龙蛇豪放舞，键中灵鸟婉约欢。
闲来湖面钩云朵，常举相机请远山。
浊酒半壶同月醉，一腔趣志进诗笺。

赓和忧舞/尹成华诗友《寄“幼稚佬”吟长》

同城莫言寄，顺水托清流。
举手当无倦，会心才乐悠。
和风犁墨浪，俊彦泛轻舟。
同展鲲鹏翅，云天楼外楼！

2016年11月3日

附忧舞/尹成华诗友原玉：

百里同城寄，高山伴水流。
情真心不倦，网结意轻悠。
但得程门雪，何须舴艋舟。
带来梅放日，共聚敬亭楼。

步韵奉和省城哈余庆吟长

冲寒破雾未虚行，诗教聆听百感倾。
韵海流觞蒙雅意，高吟浅和总关情！

2017 年 1 月 9 日

附哈余庆吟长原玉：

三九冲寒破雾行，悃诚感我寸心倾。
宣州盛会凭君力，纵谢千杯难尽情。

步韵奉和陆世全吟长《寄诗城诸友》

大浪尽淘千古愁，人间正道总长留。
露滋白发舒沈志，辉映丹心仰孔丘。
阁榭亭台风雅颂，江河溪瀑纵横流。
万千诗咏春秋皖，缕缕暗香潜入楼。

2017 年 1 月 24 日

附陆世全吟长原玉：

古醉千杯在浣愁，我今未饮为君留。
闲商桃李荣春圃，漫把经诗报故丘。
聚散能欢风气正，人情可学水清流。
岁迟何幸良朋遇，相约好春登谢楼。

数　春

——步耿清会长《立春》韵

昭节斟春酒，春联启顺辰。
春工苏万物，春色逗三亲。

春韵灵才隽，春诗动丽神。
春山情更迫，拥抱一湖春！

2017 年 2 月 17 日

附耿清会长原玉：

立春逢喜雨，芳讯遍春辰。
客路春风识，柳湾春水亲。
鞭春怀旧社，接福送春神。
一树春幡动，江山八面春。

步韵敬和李文朝《纪念中华诗词学会成立三十周年》

一展吟旗矗九州，风骚独领卅春秋。
清词丽句操行笃，雅韵高情意气稠。
继美延芳开胜境，容通求正上琼楼。
东风浩荡诗潮涌，晚学追宗赶浪头！

2017 年 3 月 3 日

附李文朝会长原玉：

璀璨明珠耀九州，骚魂一脉续千秋。
寒霜过后春风暖，大纛擎来雅兴稠。
卅载琼枝丰硕果，百年吟苑筑高楼。
江山代有诗潮涌，多少英才立浪头。

摸鱼儿·桃花恨

看了何处不相逢吟姐《摸鱼儿·有感一对恋人殉情》，心情久久不能平静。为逝者惜，为伤者痛，为俗者懑！平复之余，步韵拙和一首《桃花恨》，以期人们觉悟之。

正春浓，赏花时节，枝头香色初度。老庄河上狂风起，看蝶意莺情去。梁祝处，更幽咽、落帆凌乱凄何许？一群惊鹭。恨世俗迷离，漫天铜臭，化作楚酸雨。　　凭谁问，孔雀东南探路，沈园悄寂无语？几多恩爱桃花泪，和着柳烟飘絮！谙典故，怎无觉，闺庭弱冠还承误！而今笃顾。怅一己知音，黄泉共赴，总算藉丹浦。

2017 年 3 月 19 日

附何处不相逢诗友原玉：

老庄杨、柳芽初发，东风裁绿无度。扁舟轻荡河中水，燕子双双归去。春媚处。犹见那、一川草色青如许。几多鸥鹭。却世事无情，祸殃难料，一霎竟风雨。　　休言说，怕向春庭旧路。曾经花下轻语。哥情妹意浓如酒，醉了一天霞絮。悲变故。怨尊母、金钱终把鸳鸯误。泪人相顾。叹何物如情，死生同赴，魂断皖江浦。

注：2017 年 3 月 14 日，早春时节。安徽省阜阳市太和县原墙镇杨老庄一个自由恋爱的女孩父母要彩礼二十万，男孩父母拿不出来，无奈两人一起跳河殉情。区区二十万！葬送了两个花季的孩子，真让人扼腕叹息。古今中外，问世间情为何物，直教人生死相许。

步韵拙和耿清会长《中秋寄怀》

莫怨春花闲落早，中秋玄兔梦衿期。
心神引去追佳影，日月轮回赋妙诗。
漫野丹枫殷切切，满庭金菊恐迟迟。
问君还有何余憾，可见玉蟾衔桂枝。

2017 年 10 月 7 日

附耿清会长原玉：

春花秋月何曾去，昨夜星辰难再期。
独步清宵追幻影，漫吟旧岁唱笙诗。
卅年风雨流真切，半世情怀悔钝迟。
但遣初心临玉镜，遐思飞满桂花枝。

步和吴晓红诗友《寒露》

时临寒节小风凉，雾绕云缠寄韵长。
嫩蕾露滋添秀色，琼英霞映竞芬芳。
观鸿才女怜穹影，拈墨掌门壮桂香。
依旧青山何惧老？还凭垂柳护秋光！

注：“掌门”和“才女”，分别指敬亭山诗词学会杨玲会长和办公室吴晓红主任。

2017 年 10 月 8 日

附吴晓红诗友原玉：

菊舒黄蕊露寒凉，古道西风暮草长。
夕照飞鸿排瘦影，霜欺红叶赛春芳。
梧桐夜雨残荷泣，秋月青纱桂子香。
暗叹韶阴容易老，醉拈笔墨写流光。

步和白依诗友《卢村纪行掠影》

一壑烟云留槛外，巧镶明镜好偷天。
波光潋滟月中沏，竹影婆娑曦里穿。
雨过山林尘俗滤，秋将溪畔质淳溅。
风吹诗韵卢村里，把盏开怀醉半仙。

2017 年 10 月 12 日

附白依诗友首玉：

谁造瑶池尘不染，许家湾埠镜偷天。
锁山桥月溪头卧，古树虬枝谷里穿。
半亩竹林花影隐，一泓春水细泉溅。
千般景色皆无景，走过卢村我做仙。

步潘家定先生《诗意宣城》韵（二首）

一

遥观云上峰，远近几重重。
谢朓清新影，昌黎别业容。
乐天空叠远，李白相思浓。
万里乡关酒，绵柔小窖封。

二

北楼看碧峰，老树一重重。
花着枝无丑，云浮石有容。
抽刀期水暖，瀹茶见情浓。
风雪双羊路，梅开谁敢封?!

2017 年 10 月 17 日

附潘家定先生原玉：

江绕敬亭峰，波平墨影重。
玄晖吟画里，太白揭颜容。
不尽春回绿，无边泽润浓。
但闻平仄起，千笔怎能封?

拙步恭贺安徽女子诗词学会成立

吟坛唱和怎情疏？唯愧无才已弗如。
玉露凝香追绮梦，金风送爽信如初。
润花著果依晖月，扶竹成林奋镐锄。
烦事丢开来铆劲，三餐两顿啃诗书。

2017 年 11 月 7 日

步胡宁老师《写在2018元旦》韵

流年花甲已然过，盘点但知惭愧哦。
有迹人生无稳妥，无痕岁月有蹉跎。
何须穷究寻常事，听便自然可以么？
今读胡君家国问，不由思忖已如何！

2017年12月29日

步韵戏和云阁小舍版主《卜算子·“三八”妇女节有感》

三月柳缠绵，三月花惆怅。暮暮朝朝一瞬间，诗在春中酿。　　古有女红官，今日搓麻将。入地登天大小姐，自有男儿让！

2018年3月8日

附云阁小舍版主原玉：

一笑柳缠绵，一蹙花惆怅。顾盼含情婉转间，春在诗中酿。昔有木兰姝，今见飞天将。自古红妆女儿家，不把须眉让！

鹧鸪天·读《低吟潜唱》诗评并诚谢陈东风会长

制纫高师一剪开，金针频度巧缝裁。
调颜兑色掐分寸，作嫁施妆靓底材。
劳心志，瘦胡腮。几回伏案笃诚哉。
置身诗苑携同好，绣出天孙云锦来！

2018年4月23日

次韵酬和池州诗社张华社长《游敬亭山》

杏花村可指，难得共金壶。
双塔明心境，一峰寻雅途。
竹松迎客众，云鸟接仙孤。
自此长相忆，时时话当垆。

2018 年 6 月 23 日

附张华社长原玉：

欲赴敬亭约，先提宣酒壶。
微醺迷古道，浅步踏仙途。
鸟在云还在，山孤我不孤。
明朝秋浦去，村外觅新垆。

2018 年 6 月 23 日

步诗友徐志平《如梦令·赞中国酒业改革开放四十年功勋人物“宣酒集团董事长李键”》韵

千载老春陈酒，改革匠心坚守。小窖透醇香，“五跳”赞声交口。知否？知否？因有大操盘手！

2018 年 6 月 28 日

定风波·次韵赞和吴晓红才女

腹有诗书上扯云，兴来信手下施尘。巾帼并非皆赏客，飞出，雅篇风赋壮吟魂。

紧步双雄双调韵，神隐，云根石上好行文。古塔新亭思对绪，谁诉？情豪不负美佳人！

注：“双雄”，指孙正军、吕沛林二诗友。双调，指“定风波”词牌。

2018 年 8 月 14 日

附吴晓红才女原玉《定风波敬亭山》：

众鸟高飞接碧云，烟峦闲卧染轻尘。曾有谪仙风流客，吟出，名垂青史敬亭魂。

塔影千年洇竹韵，还隐，松涛万里诵经文。望远登高怀古意，倾诉，山城如画念斯人。

次韵拙和吴晓红才女《清欢且做简单人》

雨霁天清秋倍新，花开次第老吾身。
展笺泼墨情如夏，对镜吟诗梦似春。
阶下金姿新菊美，塘中玉骨老荷真。
欢欣不负谁家女？一句“简单”人上人！

2018 年 8 月 18 日

附吴晓红才女原玉：

春消夏旧换秋新，渐有凉风挽妾身。
雨落千山添老叶，茶洇岁月盼长春。
浮生若梦能容假，苦海无边总率真。
幸福由心方入境，清欢且做简单人。

次韵拙和杨玲会长《临江仙·学画自题》

珠落青荷谁冷？瑶池碧水粼粼。仙葩含艳四时新。画神传几许，天道总酬勤。
笑口常开枝闹，香魂总合原茵。纤尘不染俏佳人。观图宜达志，解意可修身。

2018 年 8 月 20 日

附杨会长原玉：

几点寒珠凝冷，一汪水静波粼。月风轻扰小荷新。方家多斧正，在下享殷勤。

不与逐名争利，只期杏雨花茵。风华万种散仙人。诗词闲嚣世，书画息修身。

次韵拙和杨玲会长《临江仙·画蝶》

彩蝶翩翩飞舞，花间草上随同。双双对对入枝丛。暖烟穿日暮，收笔落帘东。非是襞笺情浅，只缘化蝶空空。心思仍系茧丝中。庄生惊我梦，从此惜相逢！

2018 年 8 月 22 日

附杨玲会长原玉：

写就双双蝴蝶，人间天上随同。失了前约泣荒丛。两情为旧忆，晓梦各西东。纸上终究情浅，相知一场成空。心思交与墨花中。有缘堪比翼，无故不相逢。

敬贺王鸿树老会长夫妇《桑榆诗文集》出版

桑榆汇集晚心枝，鸿树美琳鲐背之。
红日一轮新水秀，紫笺千页古山慈。
笑吟家国平生事，好咏河洲过往诗。
立德立言人敬重，寿添三秩正当时。

2018 年 10 月 24 日

敬读省诗词学会张纯道会长《啸雨轩》

尊翁文化志弥坚，啸雨轩中朝夕研。
剪岫裁云修锦艺，谈经论道赋宏篇。
传薪播火读先圣，聚友交朋掖后贤。
襟度犹怀家国里，清凉化雨润桑田。

2018 年 10 月 31 日

卷 五

感 悟 篇

崂山悟道

上得崂山忘却忧，横空抱海阔双眸。
秦皇汉武仙何问，一样无门卧土丘。

1995 年 5 月 14 日

读陶渊明《饮酒》有感

江长陆地延，山瘦阔平原。
名以吹牛出，官因拍马迁。
朝朝生砥柱，代代患权奸。
唯令东篱意，悠然一隐贤。

1995 年 9 月 3 日

荷　莲

吾辈生来独爱莲，植根泥垢育花鲜。
中通玉骨品高贵，外直冰肌德孔贤。
莲说周公范千古，月荷朱子绝空前。
风姿隐逸香飘远，自好洁身吟万年。

1997 年 7 月 5 日

荸　荠

皮肤赤褐光还亮，清水“马蹄”露乳妆。
只识天工生妙笔，还期园圃吐芬芳。

和糖凉拌家常菜，与蒜热烹客宴堂。
小巧玲珑凭底调，俗儒相济愈繁昌。

1997 年 12 月 14 日

呈王范荣部长（七言）

梦醒冯唐泪湿袖，欲诠吃语又惭羞。
机遇不赐杨得意，成功还须韩荆州。
未靠玉树荫盛夏，当随陶菊暖寒秋。
晚来期冀亚环境，笃信跟着感觉走。

注：杨得意，即扬意，西汉司马相如的邻居。司马相如由于他的推荐才做了官。

1998 年 4 月 15 日

马年观悲鸿先生《八骏图》有感

振奋鬃蹄壁上哀，依然风骨色颜灰。
只缘造化悲鸿笔，拘入寻常百姓台。
八骏天行八万里，一生应尽一千才。
何当立意劳神画，驰骋纵横永不回。

2002 年 2 月 27 日

纪念鲁迅先生逝世七十周年

一代文豪举世钦，泱泱华厦儿人寻。
横眉敢对刀光影，九碗贞风卷地吟。

2006 年 10 月 19 日

水　　仙

一盆清水衔青石，便有天葱起浣姿。
不与它花争艳色，只和瑞雪共花期。
冰封鹅羽寒寒地，日解鹦黄暖暖衣。
垸外轩前融胜景，清新一派蕴春诗。

2006 年 1 月 12 日

秋释（二首）

一

自寻禅理道，莫若释登楼。
凭览枫林晚，水天一色秋。

二

眉笔一何殷，丰描不忍删。
借得三秋色，同歌月亮弯。

2008 年 10 月 12 日

感　　事

缘何不愿居高处？眺望远方心更寒。
剩有些些糊口地，也被商家种楼盘！

2010 年 3 月 15 日

感秋一组

怜蝉

嘶声若远波，秋婉树衣蓑。
廖识清音寡，高枝瘦叶多。

风筝

飞飞看纸鸢，心曳彩云边。
漂泊随风向，依依一线牵。

感雁事

双双对对卿，秋羽雁声羹。
共逐三春暖，无辞万里征。

山中索句

秋水梧桐老，层云倦鸟低。
悠悠谁入耳，滴酒问东西。

夜坐听风

风来小梦倾，万籁俱无声。
皎皎清光里，徐徐升太平。

芦花荡

秋水绕沙洲，有花何所求？
情关鸿雪事？一展白眉头！

2011年8月16日

上老年大学有感

迟日余晖洒北楼，苍松涧底叹何羞。
韶华虚掷云烟散，老大拾零风景收。
指点澄江寻自在，低回黉府忆遐悠。
廉颇饭否凭谁问，不负余生一棹讴。

2012 年 9 月 2 日

嗟　项　羽

——观《楚汉传奇》有感

胸中无大爱，心底存小仁。
一统诛秦汉？乾坤兴楚君。
勇虽图四海，谋只领三军。
徒抱虞姬泪，乌江浪剑魂。

2013 年 3 月 10 日

天　　眷

碌碌忙忙无事成，尘心渐灭道心生。
旦挥秃笔拳拳意，夕展青笺脉脉情。
曾愧无知书懈怠，未愁持力业躬耕。
天高海阔关谁事？野鹤闲云醉太平！

2013 年 7 月 25 日

江城子·读史随想

开天盘古劈洪荒。你争苍，我侵疆。逐鹿逞强，百姓屡遭殃。兔死狐悲凭把火，洪武帝，马娘娘。　　文章千古爱情殇。陆诗王，李明皇。风骨桃源，秋月又春阳。美女江山尽去也，花上蝶，水中鸯。

2013 年 8 月 20 日

重阳感怀

不是登高少一人，怎留千古绝伦文。
如今又到重阳日，谁插茱萸祭菊魂？

2013 年 9 月 9 日

秋　　思

毛毛细雨掠如梳，习习凉风扰蓼孤。
若把相思当作橹，泪珠多少洒江湖。

2013 年 9 月 11 日

习诗有悟

评诗如肉砧，再剁莫呻吟。
痛到非疼日，浑然妙语临。

2013 年 10 月 11 日

霜晨偶感

寒风冷拂菊花黄，一脉青山尽染霜。
仰望枝头天宇阔，油然敛躁却浮狂。

2013 年 11 月 25 日

岁月感怀

风物长量天地宽，学诗作赋度流年。
虚怀尚息歌松柏，杂念摒除挥雨烟。
过尽千帆沧海阔，登临五岭浪江绵。
莫嗔鬓白心耽累，老骨成灰好沃田。

2014 年 4 月 17 日

有感仁君

当年织席卖鞋人，百砺方成帝王身。
鼎足若言天着意，桃园结义总情真！

2014 年 6 月 8 日

偶　　感

孤渡斜阳里，飞鸿一点天。
折腰安敢顾，渺渺水云烟。

2014 年 11 月 14 日

浪淘沙·醉痴

历雨又经风。老态龙钟。浑然不识柳和松。但借一觚醺梦眼，再续三盅。只道趣犹浓，痴把诗工。平平仄仄笑谈中。不计红尘长短事，坦荡心胸。

2014 年 11 月 15 日

雪天过敬亭湖偶感

雪自纷飞寒满湖，亭边故柳叹山孤。
小园一望无踪影，酒醒知谁识画图。

2015 年 1 月 29 日

永遇乐·望月

纤挽银华，半开闲牖，疏影斜意。几许人生，柔情似梦，独眺清晖里。钱塘有汐，无声牵引，今夜不眠缘你。填词一首，化为相思传递。　更阑夜久，香衾寒袭，月儿去来迭替。照向何方，为谁笙歇，谁又箫吹起？怎知它日，玉腰韵损，和泪轻弹芙子。竟留得，天涯海角，两心咫尺！

2015 年 5 月 10 日

读王秀娟女士《怀屈原》有感

识君香草佩，当解美人筝。
仁者江边立，总听忧愤声。

2015 年 6 月 20 日

怅惘（二首）

南歌子·风雨黄昏

憔悴梧桐雨，凄凉菡萏风。人非麋鹿莫求同，无奈归梁漠漠影弓弓！

荷苦

无枝无挂牵，有节有谁怜？
打坐虔诚度，空灵不负禅！

2015 年 8 月 25 日

随　　感

日落西山气自沉，为遮慵倦裁云襟。
无边烦恼随风去，扯片烟霞即兴吟！

2015 年 9 月 2 日

无题（二首）

一

身骨原无恙，生生自作之。
莫非禅谴意，伤指断情思？

二

焉知月下追韩信，埋伏奇冤千古闻。
成败既由天注定，虚心不诉苦三分。

2015 年 11 月 12 日

卜算子·有词无题

把酒对孤灯，难了伤心处。灰瓦红墙老巷中，望断伊人路。　　莫问别时情，义节无还顾。梅里相思鹤里牵，夜夜听箫度？

2015 年 12 月 2 日

声声慢·寂

嗔嗔戚戚，绊绊牵牵，叽叽磨磨急急。乙未争堪回首，泪痕红浥。卅年余载缱绻，酒两巡，便将淹食。看世相，几多情，肯被旧人珍惜？　　怕见西山沉日！寒噤起，风霜是时侵袭。转过身来，又似小儿见地。青灯可明我意，欲凝神，听点静寂。梦断处，把旧影从另捯饬。

2016 年 1 月 7 日

临江仙·雪

素影轻摇天致意，蓬山流水兼收。暗香点点结冰羞。琼花飞万户，万户有怀柔。　　不尽无暇高洁处，分明黑白仙酬。蹉跎了岁月追求。笑看家国里，守拙问何幽！

2016 年 1 月 24

自　　惭

出生焦月天，辱没角尖尖。
老叶秋霜虐，虚名鹤唳淹！

2016 年 2 月 28 日

临江仙·感时

漏断不堪回首处，浮生一梦匆匆。流年记忆渐朦胧。开轩零雨住，桃雪迫西风。　　临笔展笺啼笑我，须臾老态龙钟！冷枝疏影鸟无踪。青山烟月挂，不古几心同？

2016 年 3 月 17 日

清平乐·堪梦

来途莫记，千古差人意。寂寞天涯行四季，守得书香魂识！　　泪眸但见婆娑，奈何岁月蹉跎。堪破当需珍重，袖挥一梦南柯。

2016 年 3 月 20 日

吟　　草

卑微不为枯荣累，穷节还思己短长。
寒岁无声萌律动，清佳流韵吐春芳。

2016 年 3 月 26 日

蝶恋花·七夕感怀

故事常多殊不怪。一夜深沉，化作清商态。非是人间难解爱，只缘神马浮云外。　　河汉双星桥鹊喟。欢减愁添，泪湿西风债。仙侣尘鸯情一概，相逢自是心尤在。

2016 年 8 月 7 日

七夕偶感

七夕天凉好个秋，喜横银汉别添愁。
人圆明月仙圆缺，千古缠绵不白头。

2016 年 8 月 7 日

临坛观帖偶感

秋分打枣夜添衾，入画丹枫梦里寻。
气派男儿无气度，私房女子有私心。

2016 年 9 月 8 日

丙申中秋有题

曾几徘徊月下吟，流光瘦水透乡音。
今宵细雨无情落，淋了诗思湿了心！

2016 年 9 月 15 日

省　识

望断苍山百念灰，茫茫洱海几猜枚。
犹疑足让痴狂死，嫉妒常将意志摧！

2016 年 9 月 28 日

小寒有思（新韵）

烟岚淹翠渐生寒，灯火天涯始自安。
情至深时平淡转，孤山总在雨晴间。

2017 年 1 月 5 日

除夕夜燃鞭倏想

零时燃响红鞭炮，昭示金鸡守岁诚。
最是欢呼花甲子，何须媚俗索功名！

2017 年 1 月 28 日

新年自检

老酒温炉谁醉多？浮花泡影总蹉跎。
酉年欲叠阳平韵，又恐心疲不耐磨。

2017 年 1 月 31 日

丁酉人日立春著雨有记

为立熙春先净尘，梳妆人日满城新。
笃勤不负东风意，未及鞭牛诗已臻。

2017 年 2 月 3 日

敬亭寻踪

何叹谪仙闲坐孤，辉光千载映昭湖。
常听把酒邀明月，终读扶篁伴玉姑。
俗世堪言行蜀道，清风信步忘归途。
人生须是修真性，剑笔琴心万卷书。

2017年6月4日

自　嘲

平生半场充衙役，热血一腔鉴蜀魂。
未解稼轩长短句，建功始信在家根！

2017年8月29日

格　律　诗

起承转合说文章，豹尾虎头猪肚囊。
阅尽沧桑多少事，问谁还比尔能装？

2017年9月12日

重阳随吟（二首）

一

情随窗外几枝黄，心念微群雅韵香。
能有几回新月下，好乘诗兴赋重阳？

二

时过重阳天转寒，人生况味莫唏叹。
还邀来日晴空暖，便是随缘好尽欢！

2017 年 10 月 28 日

【越调·天净沙】叹

高楼别墅沙盘，晓风残月重峦，房价冲天志短。梦萦情断，随身一翼心酸。

2018 年 1 月 9 日

致黄莽先生

未曾谋面已衔知，经典有题戌犬时。
诗道开萌承八皖，清风融彻大千姿。

注："有题"，指黄莽先生曾为鄙人诗集题字，即"相看两不厌，只有敬亭山"。先生是金寨人，金寨、宣城均隶属安徽省。是为老乡。

2018 年 2 月 26 日

寄　友

古板人生少友交，小楼独坐锁逍遥。
韵中淘乐寻诗境，月下撩辉听凤箫。
止水澄心敲一字，放鸢恣意戏双娇。
昏花但识时光少，不再逞强骛远高。

注："双娇"，即两个孙女。

2018 年 4 月 15 日

夜行船·心似金颜如玉

总是缘来推拥？雅饮处，把花雕捧。十壶三除复添三，便见那，智兼仁勇。　　因了人才流动。悭相惜，不能肩共。卅载情深丝缕缕，细寻思，言轻人重！

注：孔子把“智”（智慧）、“仁”（仁德）、“勇”（勇敢）这三种品质称为“君子道者三”，认为是一个品行高尚的君子必须具备的三种美德。

2018 年 5 月 3 日

观网传美片并次韵片题《女人花》

流水红颜薄命，落花白首多娇？如今不系小蛮腰。三分生就相，七点任逍遥。
不尽人间情态，纷纷市场商潮？千年打扮老妖娆。硅胶仙子嫩，玻尿美人挑！

2018 年 6 月 5 日

有感昙花

冰魄凝成修正身，一生一现为伊人。
花容清丽入诗骨，玉态丰盈动笔神。
春露煎茶情所以，夏风拂面意归尘。
王孙只叹倾城貌，相见可知年几轮？

2018 年 7 月 10 日

遣　　情

缘去眉心月，情牵不了时。
《传奇》歌两处，无线有心知。

2018 年 8 月 20 日

后　记

记得一天在手机里翻阅《读书与旅行》时，曾信笔录下这样一段文字："人总该有这样的情怀：以真心去感受生活，以生活去成全人生，以人生去温暖世界。"只是当时怎么也没想到，这段话，竟成为我今天出版《低吟潜唱》最直接的指导思想。

为什么这样说呢？因为今年我已没有再出诗集的理由了。其一，人生六十为一循环，值此时间节点，总觉得应该弄点什么以作纪念。于是我于丁酉年底借中华诗词协会平台，出版了《张阳旭诗词选集》。虽为九人一套的丛书，毕竟也算是了却了心愿。怎可在一年不到的时间里再出呢？其二，我深知自己不是诗才。所吟所唱，无非是自己平素的所思所感，只是以格律的形式把它记录下来，如我和家人所说，是"诗日记"。想想上下五千年中华经典诗词多多，人们都学不尽赏不完，哪还有时间看我等名不见经传的小人物的平庸之作。其三，如果说留给子孙日后回味吧，现在中西文化融合，网络时代交流便捷，且思想不断更新，恐更无趣欣赏我等这落伍的杂诗了。所以我断然止笔于当下，不再多情自扰、想入非非了。

然，正是出版《张阳旭诗词选集》，我请陈东风会长为我写点儿什么，以对我作品中的一些未尽之处做些诠释，未曾想陈会长根据我提供的诗稿竟写出了6000余字的诗评，把断断续续记录人生轨迹的我，竟勾勒成一个完整且近完美了的"理想人物"。我和陈会长相识不过三年，我惊叹陈会长能把我一贯的思想动机、行为作风分析、阐述得如此准确、到位。其心至纯，其情至真，其劳至辛，其才至广，让我感动至极！难道这就是诗"可以兴，可以观，可以群，可以怨"的功能作用吗？我震撼了！诗评，不仅让我重新认识了自己，更让我从陈会长的立意里反思了许多东西，领悟了许多道理。我更加懂得了做人应该怎样的踏踏实实，更加明白了在继续的道路上该如何去修正自

己——修正自己时下表现出来的浮躁和浅薄！这便是陈东风会长诗评对我的重要意义所在！

我曾默默地问自己，除了兴趣爱好使然，是否真的有颗诗心在跳动？如果说没有，为什么笔触那些平凡的人、平凡的事，总会情绪激昂？难怪开篇的那段文字能引起我强烈的共鸣！原来它就是对一介草根诗者的最好诠释！是的，我用真心感受了生活，生活不负我，便以诗成全了我的人生，让我在思想上不断得到升华。那么最后将以怎样的人生来温暖这个世界呢？我深知我个人做不到，但我欣喜地找到了——我的诗中有！诗中有徐开锋式的无数任劳任怨的普通劳动者，有官东似的一大批无私无畏的本色英雄。他们汇聚在一起，便可以温暖这个世界！于是我决定，将自己的平日小诗，在《张阳旭诗词选集》的基础上，重新整理几百首，轻轻地吟唱出来！我终于将不同时期与自己有交集的小人物小事件，通过大道义大雅致的形式展现在公众面前。这便是我在一年不到的时间里又出版这本《低吟潜唱》诗集的真正动因！唯有如此，我心方坦然！

求得心安之际，我当首先感谢敬亭山诗词学会的创建者王鸿树老会长为本书题词鞭策；感谢杨玲会长为我写序肯定鼓励；感谢陈东风会长充满褒扬的诗评；感谢汪传春会长为我诗集题名；感谢徐德明名誉会长忍受眼疾之痛选稿；同时感谢吴浪风、罗国亮两位高师期间曾帮助校稿；最后还要感谢叶开平、陈东风、徐德明、罗国亮、耿清五位良师益友以诗相贺。借此机会对先期诗贺《张阳旭诗词选集》出版的吴浪风、肖礼堂、方霞、徐德明、余立华、黄保平、叶开平、徐志平、丁建国、庞晓丽、陈正友诸诗友一并表示感谢！谢谢大家一路鼓励支持！谢谢！

最后，敬请亲爱的诗友和读者，日后有缘读此诗集，发现错误或不足，在批评指正的同时能够给予谅解！因我是退休后才涉猎诗词的，也还在努力学习中……

张阳旭

2018年10月8日

图书在版编目(CIP)数据

低吟潜唱/张阳旭著. —合肥:合肥工业大学出版社,2018.10
ISBN 978-7-5650-4237-9

Ⅰ.①低… Ⅱ.①张… Ⅲ.①诗集—中国—当代 Ⅳ.①I227

中国版本图书馆 CIP 数据核字(2018)第 237587 号

低 吟 潜 唱

张阳旭 著　　　　责任编辑 郭娟娟

出 版	合肥工业大学出版社	版 次	2018 年 10 月第 1 版
地 址	合肥市屯溪路 193 号	印 次	2018 年 11 月第 1 次印刷
邮 编	230009	开 本	710 毫米×1010 毫米 1/16
电 话	人文编辑部:0551-62903205	印 张	11.5
	市场营销部:0551-62903198	字 数	174 千字
网 址	www.hfutpress.com.cn	印 刷	安徽昶颉包装印务有限责任公司
E-mail	hfutpress@163.com	发 行	全国新华书店

ISBN 978-7-5650-4237-9　　定价:39.00 元

如果有影响阅读的印装质量问题,请与出版社市场营销部联系调换。